时代出版传媒股份有限公司
安徽文艺出版社

叶炜，本名刘业伟，1977年出生于山东枣庄。中国大陆首位创意写作文学博士，美国爱荷华大学访问学者，硕士研究生导师，中国作家协会会员。著有长篇小说"乡土中国三部曲"《福地》《富矿》《后土》以及《叶圣陶家族的文脉传奇》《自清芙蓉——朱自清传》等。另在《当代作家评论》《南方文坛》等发表研究论文三十余篇。曾获紫金山文学奖等。

转型时代三部曲

裂变

时代出版传媒股份有限公司
安徽文艺出版社

叶炜 著

图书在版编目(CIP)数据

裂变／叶炜著.—合肥:安徽文艺出版社,2019.6
(转型时代三部曲)
ISBN 978-7-5396-6603-7

Ⅰ.①烈…　Ⅱ.①叶…　Ⅲ.①长篇小说-中国-当代
Ⅳ.①I247.5

中国版本图书馆 CIP 数据核字(2019)第 040871 号

出 版 人:段晓静

责任编辑:韩　露　　　　　　　　装帧设计:马德龙

出版发行:时代出版传媒股份有限公司　www.press-mart.com
　　　　　安徽文艺出版社　www.awpub.com
地　　址:合肥市翡翠路 1118 号　邮政编码:230071
营 销 部:(0551)63533889
印　　制:安徽联众印刷有限公司　(0551)65661327

开本:880×1230　1/32　印张:7.75　字数:240 千字
版次:2019 年 6 月第 1 版　2019 年 6 月第 1 次印刷
定价:48.00 元

(如发现印装质量问题,影响阅读,请与出版社联系调换)

版权所有,侵权必究

尘归尘,土归土。

——题记

目　　录

一　铊中毒 / 001

二　九仙山庄 / 008

三　撮合 / 015

四　出国 / 021

五　旧金山 / 027

六　维纳斯唐 / 034

七　纽约 / 042

八　恋爱 / 047

九　考察 / 053

十　怀孕 / 060

十一　故障 / 069

十二　自杀 / 076

十三　云雀 / 086

十四　举报信 / 093

十五　傻子 / 101

十六　强奸 / 110

十七　冲动 / 118

十八　倔木头 / 125

十九　评估 / 133

二十　辞职 / 140

二十一　差错 / 146

二十二　流产 / 154

二十三　老张 / 165

二十四　闹事 / 175

二十五　白血病 / 186

二十六　大事 / 199

二十七　调动 / 210

二十八　孤独 / 219

二十九　选择 / 228

三十　告破 / 237

一 铊中毒

我市一高校发生严重铊中毒事件

本报讯 昨日,我市一高校发生五名学生严重铊中毒事件,引起社会广泛关注。中毒的五名学生已被送往医院抢救。记者初步获悉,此次铊中毒是该校学生蓄意所为,校方怀疑是某心理有问题的学生出于仇恨故意投毒。目前,警方已经介入调查此案。

铊中毒在我国比较罕见。1993年10月1日我国实行的公共安全行业标准中,铊化合物与氰化物同列A类剧毒物质。即便是高校实验室内,对铊的使用亦有严格规定。而此次毒料来源,有传闻说正是该校铊化合物实验室。

……

本市晚报上刊登的这个消息,史真教授已经看了三遍了,让他揪心的不是那五个中毒的学生,而是最后那一句话:"而此次毒料来源,有传闻说正是该校铊化合物实验室。"他是这个实验室的主要成员,虽然警方还没有找到证据证明毒料来自他的实验室,但报纸这样报道,对实验室的声誉肯定会带来重大的负面影响。该实验室是国家重点科研基地,如今出了这样的娄子,真是万万没有想到。

事情发生在昨天中午,五名学生在学生一食堂吃完饭后感觉不适,先是恶心、呕吐、腹部绞痛,继而四肢酸麻,足底足跟疼痛,不能站立行走。有一名最严重的中毒者局部肢体瘫痪,肌肉萎缩,视力迅速减退,甚至出现了可怕的精神失常现象。靠着十几年铊化合物研究经验,史真知道这些正是铊中毒的主要症状。如果不及时治疗,当中毒者中枢神经受损时,有可能导致呼吸循环功能衰竭而死亡。目前治疗铊中毒的有效药物只有普鲁士蓝,这种药物在我们国家非常罕见,实验室也只有极少量的几毫克而已。急性口服中毒患者,应立即催吐、洗胃、导泻,对严重者要进行血液净化。

一想到这些,史真就像一只热锅上的蚂蚁,在家里急得团团转。他不能到实验室去,那里已经被警方封存了,正等待着北京专家到来进行检验。今天上午,学校办公室已经给正在沈阳开会的实验室主任江防和副主任何采打电话,命令他们立即返回学校。史真已经通过电话把大致情况向他们汇报了,江防说毒料不可能来自实验室,实验室规定,只有他们三个人可以提取铊原料,其他几个研究人员未经允许不得接触。而现在实验室三个能够接触铊原料的人中只有史真一人在学校,如果说毒料真的来自实验室,那么他的嫌疑就是最大的。一想到这一点,史真就着急冒汗。

他在屋里转圈时,突然电话铃声大作,他忐忑不安地接起来,是校办小董。她说:"学校领导在大会议室召开紧急会议,研究中毒事件的应对举措,在江防和何采回来之前,你被要求参会。"史真赶紧收拾了一下,赶往大会议室。他到的时候,校领导已经到齐,校党委侯书记亲自召集会议,谁都不敢怠慢。领导们都默不作声,会议室里一片肃穆。侯书记见史真进来,指了指对面的空位。史真坐下来。侯书记问史真:"史老师,我们刚刚研究过紧急应对方案,中毒的学生已经被移送到北京,散会后举行记者招待会,我想了解一下,报纸上的报道说毒料来自我们的实验室,你怎么看?有把握予以澄清吗?"

史真表情很不自然,他字斟句酌地说:"毒料不会来自我们的实验室!实验室的防范措施很严密,除非出现毒料被偷……"

"被偷?这有多大可能?"侯书记追问了一句。

"几无可能,实验室存放原料的房间的钥匙只有我和江、何两位主任有。"史真回答。

"有你这句话,我们就放心了,我们一定要确保毒料来源不是我校,等会儿应对媒体时态度一定要坚决。"侯书记将目光转向宣传部长湖光。

湖光点头,犹豫着说:"那要是有记者质疑说北京专家还未对实验室进行检查,我们怎么知道毒料来源不是实验室,我们怎么回答?"

"就说我们已经请示过教育厅,目前警方在全力追查投毒者,经初步检查,毒料来自校外。"一直没说话的校长吴关斩钉截铁地说。

散会后,侯书记和吴校长把史真叫住。侯书记说:"我们两个人的脑袋就放在你这里了,你一定要保证刚才说的话,等江防和何采回来,我们再具体商量。"

史真点点头,感觉肩上扛了千斤重担。

他从会议室出来,做了一个深呼吸。这是一个十分美丽的校园,无论是湖光山色映衬下的古朴建筑,还是高大植物覆盖住的林荫大道,往常走在校园里,史真都是心情愉悦,可今天,他的脚步却分外沉重。他是这个学校的老教师了,自从20年前从南方一所地方高校调到这个学校,他一直在重点实验室工作。他在这里评上副教授、教授,在这里娶妻生子,成家立业。如今他离知天命之年越来越近了,还孜孜于自己的科研工作,人家背地里都说他是个书呆子,只知道从办公室回家,从家去办公室,除了实验,他对什么都不关心。现在实验室的两位主任都不如他资历深,副主任何采还是他带过的博士生。每年的科研课题申报,都是他负责填表格争取经费,靠着他在铊化合物以及矿物质研究领域的威望,每年为实验室争取的科研经费都在几百万元以上。但他从来没有过问过科研经费的使用情况,他只关心科研攻关,别无所求。靠着淡泊名利,靠着良好的声誉,他在学校里的威望如日中天。

一个纸飞机飘落下来,一头扎到史真的怀中。史真捡起纸飞机往四周看,一对年轻的恋人坐在路旁的一个石凳子上,正朝他笑呢。史真笑笑。这些幸福的当代大学生,生活在改革开放的年代里,真是掉在蜜罐里了。想想我们老三届的那些艰苦岁月,真是今非昔比啊。史真的思绪飘到了二十世纪五十年代,回忆起那些战天斗地的岁月。

"史老师好。"一声问候把他拉回到现实,是他带过的一个研究生,刚刚留校工作,名字竟然记不起来了。这几年史真一直在带研究生,学校说要发挥名教授的作用,把薪火传下去。为了不影响做课题,他每年只带两名博士生。这个数字在现今高校里面,算是少的了。这几年高校研究生不断扩招,凡是教授都当上了博导,最不济也是个硕导,每个人名下都分到了若干学生,有的甚至要带十几个几十个。以前研究生培养是师父带徒弟,手把手地教,可以说是旧时代的手工作坊,现在是母鸡带小鸡,一带带一窝,是新时期的流水线生产。这在每个高校都是普遍现象,也不值得大惊小怪。

校园里和以前一样平静,看起来中毒事件在校园里还没有引起太大的震动。估计学校保密和思想工作都做得不错。这次事件之所以侥幸被新闻媒体及时披露,恐怕和学校的网络论坛有关,学生们已经学会了利用网络迅速传播消息。不过史真还是很佩服学校在这方面的控制力,他路过报栏的时候,没有看到刊载中毒消息的任何报纸。

下课铃声刚响过,学生们就像蚂蚁一样从教室里拥出来,匆匆忙忙奔向食堂。学校这几年连续扩招,食堂不够用,学生们深知排队的苦头,都早早往那儿赶。史真加快了回家的脚步,女儿贞子就在这个学校读外语专业,每天中午回家吃饭。她最喜欢吃史真做的狮子头,昨晚点名要史真今天亲自下厨。贞子今年大四,明年夏天毕业,正准备考研,正是需要加强营养的时候。她是史真的独苗,史真两口子平时对她都是呵护有加,恨不得每天都能含在嘴里。三年前她考大学的时候,史真两口子比她还累还着急,生怕她发挥不正常,高考失利。考试成绩出来一看还不错,虽然分数离清华北大老远,但靠着近水楼台的关系,读川城大学还是很轻松的。况且史真是学校小有名气的教授,在成绩方面学校还能照顾照顾,按照内部分数,贞子上了本校最好的外语专业。在这一点上,史真还是比较感激学校对他的照顾的,所以他也愿意为学校科研出力。

贞子还没回家,妻子周刊正忙着做烙饼。她20年前跟着史真一起调到这所大学,因为学历不高,就到图书馆做了图书管理员,平时工作轻省,她也落得个清闲,专心做一个相夫教子的贤惠女人。史真系上围裙,准备下厨给女儿做狮子头。这时候,电话急促地响起来,史真心里一紧,喊周刊去接。只听周刊说了句:"您稍等,他马上就来。"史真知道是找他的,放下勺子在围裙上擦擦手,周刊把电话交给他,说是江主任。史真点点头,喂了一声,那边传来江防焦躁的声音:"老史啊,我刚到学校,听说侯书记召集开会了,有什么新情况啊?"史真说:"没什么新情况,学校要开新闻发布会,侯书记和吴校长想确认一下毒料到底是不是来自实验室。"

"毒料来自实验室?开什么国际玩笑!"江防更加焦躁。

"我已经向侯书记保证过了,毒料和我们实验室无关,目前警方正在核查,估计抓到凶手以后就会澄清事实真相。"

那好吧,下午我和何主任到吴校长那里去一趟,有什么情况我们向你通报。江防口气缓和下来。

史真说一句好,挂了电话,继续给女儿做狮子头,现在他感觉轻省多了,两个领导回来了,他这个教授就可以安下心来了。

狮子头刚出锅,贞子一头扎进来,进门就喊:"老爸,老爸,你们实验室是不是出事了?我听同学议论,有学生中毒,毒料来自你们实验室。"

"胡说!"史真刚刚平静下来的心情又被女儿的话打乱了,"你别听那些议论,那只是传闻,毒料肯定另有来源。"

"可全校就你们实验室有铊!"贞子吃了一口刚出锅的狮子头,边嚼边说。

"赶紧吃饭吧,这么多好吃的还堵不上你的嘴!"周刊看史真脸色不好,赶紧让女儿打住。贞子不说话了,埋头吃饭。

"你说得不错,"史真口气平静地说,"全校确实只有我们实验室里有铊,但我们管得很严格,估计毒料来自校外。"

贞子正在啃一个大狮子头,腾不出嘴说话,不停地点头。

二 九仙山庄

实验室去不了,史真就把工作室搬到了学校图书馆。他带着两个助手——也是他的博士生,男的叫张秦,女的叫王华——在图书馆查资料。他们正在进行一个煤矿安全方面的课题攻关,具体说就是如何最大限度地减少井下瓦斯含量。这个课题去年立的项,是个国家课题,三百万的科研经费,算是个大项目。项目完成预期两年,也就是说再有不到一年的时间,就要把实验结果搞出来。和所有的课题申报一样,这个课题当然离不开江防、何采的支持,为了凸显领导的地位,史真把他俩的名字列在了自己之前。而他的两位博士生,只能算是义务奉献了。对于这样的科研排名,有些人看不下去,他们私下里对史真吐真言:"你老兄也够大方的,实验都是你带着助手搞,功劳和经费都是别人优先拿!"史真听了笑笑:"没关系,我都习惯了,只要能把实验搞出来,我不在乎什么名不名利不利的。"史真如此说,大家也只好苦笑,没办法,人家是周瑜打黄盖——一个愿打一个愿挨,咱瞎操什么心呢?

两天过去了,案子还没有丝毫进展。第三天,北京的专家来到学校对实验室进行检查,他们一下飞机就被吴校长接到本市最好的宾馆,几个专家每人配备了一个女助手、一台 IBM 轻型笔记本。

专家们说不必如此不必如此。吴校长说工作需要工作需要。专家们不好推辞,也就客随主便了。史真作为实验室的主要成员,加上两位主任,全天候陪同北京专家检查。其实,这些所谓的专家大都是史真的同行,平时开个学术研讨会什么的,都经常碰面,在酒桌上免不了称兄道弟的。对于此次安全检查,大家都心照不宣。专家组紧锣密鼓地在实验室里忙活了大半天,也没发现什么问题。最后,专家们确认,实验室一切正常,排除了实验室铊泄露的可能性。这个结果令学校很满意,专家组回北京时,侯书记和吴校长亲自到机场送行。

江防、何采也松了一口气,尽管中毒者还在医院接受治疗,凶手还逍遥法外,但专家组排除了毒料来自校内,这大大减轻了学校的责任,剩下的问题就交给公安局了。

专家组一走,江防就给史真发了一个短信:晚上七点在九仙山庄小聚,务必到。史真正聚精会神地在图书馆查找资料,手机在口袋里振动,没察觉到。直到要回家了,他才看到江防的信息。看看时间,六点半,还来得及,他就向九仙山庄走去。

山庄离学校不远,两站路,是川城大学周围最好的饭店。史真也没打车,沿着路边慢慢走,边走边看着车来车往。川城这几年发展挺快,私家车仿佛在一夜间就冒出来很多。学校许多老师都买了车,有人劝他也买一辆,开着方便呢。史真说他很少出门,用不到那玩意儿,再说也买不起。他确实是买不起,说起来别人都不相信,一个搞科研的理科教授竟然买不起一辆小车。要说他手里的确有些钱,几十万块总没有什么问题,但这是准备给女儿出国读研究生用的,他轻易不敢动。此外,他工资外的科研补贴也不少,可大都用于贴补助手生活费了。所以,目前看,史真还真没有买小车的钱。

九仙山庄到了。因为常来,服务小姐都认识了:史教授快请,江主任他们在二楼老地方。史真点头,上了二楼包间。江防喜欢吃吃喝喝,平时聚会都在这儿,208房间,名字叫龙凤呈祥,听着就吉利。江防和何采已经到了,两个人坐在那里喝茶。史真推门进来,何采起身,虽说是副主任,管着史真,但毕竟是他的学生,规矩不敢乱,公共场合都是老师老师地叫着。江防就无所谓了,他是主任,不会顾忌什么老师不老师的,他欠欠身子:"请坐,老史。"因为师史同音,老史听上去就是老师,史真也就糊里糊涂地受用着。

单间有固定的服务员,龙凤呈祥的服务员是九仙山庄里长得最漂亮的一个,名字叫徐蓝,外地姑娘。江防之所以每次都到龙凤呈祥,其实也有徐蓝的原因。他也不避讳,当着史真的面就夸徐蓝姑娘长得靓,水灵,秀气,文雅,端庄……什么好词儿都用上了。他们两个人说话,徐蓝就站在旁边,不言不语,添茶水。她给史真倒上一杯龙井,轻启红唇:"史先生,请用茶。"这姑娘的确漂亮,连史真这个对女色从不感兴趣的老古板都不得不由衷地称赞。而且这姑娘特机灵,人家都叫他史教授,唯独她称史先生,这个不一样的称谓让史真感觉一下子就把自己身上的教授这层皮扒掉了,在学校里人家称呼你教授,那是很自然很受用的,要是在饭店再这样说,那就等于给你戴了个高级知识分子的套子,你不能乱来,说话要有涵养,动作要典雅大方,不然就不配教授这个称呼了。

徐蓝这一句史先生，让史真浑身都松弛下来了，"先生"这词儿从这个姑娘嘴中说出来，本身就有一种别样的韵味儿。史真看看站立一边的徐蓝，随口问了句："我猜姑娘是苏州人吧？"徐蓝笑笑："史先生猜对了，我老家就在苏州。"何采在一边附和："史老师真厉害，眼睛毒啊。"史真很高兴，说除了苏州，别的地方很少能出这样美丽的姑娘。江防大笑："哈哈，老史什么时候学会讨好女人了？看来社会真是进步了！"一句话说得史真不好意思起来，他看看徐蓝，尴尬地笑笑。

喝了一会儿茶，江防招呼徐蓝上菜。三个人吃饭，八盘大菜，四荤四素，外加两份时令龙虾。川城盛产龙虾，每年的这个季节，川城都要搞一个龙虾节。史真对这玩意儿不太感冒，看上去那么大个儿的一个龙虾，剥壳得剥半天不说，吃到嘴里就那么丁点儿肉，还不够费劲的。但江防和何采都喜欢吃这个东西，他俩也特别会吃，拎起一个，两手噼里啪啦一阵忙活，往嘴边一送，哧溜一声入了肚。吃一口龙虾，再喝一口啤酒，爽啊。

江防和何采忙活了一阵，两大盘龙虾去掉了一半，徐蓝在一边看他俩的吃相，笑了一下。何采看见了，说："小徐啊，是不是看我们的吃相不太文雅？"徐蓝赶紧说："不是不是，我是看史先生不大动筷子。"

"那是因为史老师不善于剥龙虾，你过来帮他嘛，反正菜也上齐了，你坐过来，就坐在史先生旁边，来来来。"江防说话时眼睛眯成了一条线，他拍拍史真旁边的空位说，四个人，正好说话。

徐蓝摆摆手："不行不行，店里有规矩，服务员不能上桌。"

"哪来的那么多讲究!"何采拿下塑料手套,笑嘻嘻地说:"我们江主任让你坐你就坐!"

徐蓝看看江防,江防点点头。她在史真身旁坐下来。

"来,我们干一杯!"江防举起杯。

几杯酒下肚,史真慢慢放开了量,扒下了教授这层皮。酒过三巡,三个人面色红润,再看看徐蓝,跟没事人儿一样。江防对徐蓝说:"给史老师剥几个龙虾。"史真摆手:"不用不用,自己来自己来。"那边徐蓝已经戴上了塑料手套,替史真剥起龙虾来。

江防进入正题,他对史真说:"今天我和老何喊你来是想和你商量商量,我们准备再报个课题,趁着学生铊中毒这个时机你看如何?"

"江主任的意思是……"史真有点迷糊。

"嗨,史老师还没听明白啊?江主任的意思就是我们报个铊中毒治疗药物的研发课题,我们前面不是已经有一些这方面的成果了吗?我们再努力一把,争取研发出有效的治疗药物来。这是一件关系到国计民生的大事,是解决我国乃至世界铊中毒患者病痛的福音呢,上头肯定批!"何采神采飞扬。

史真眼睛一亮:"这倒是一个好项目,不过今年上报重点课题的时机已经过去了,来不及了吧。"

"咱们这回情况特殊,可以随时申报。我问过学校了,上头有这方面的政策。"江防说。

史真无话可说了。他暗自掂量,这个项目要是申报成功,大概不会是个小数目,就是不知道两位主任这次打的是什么主意。

"怎么样？史老师要是觉得可行，回去我们就弄材料，今天我们先庆祝庆祝！"何采举起酒杯。

江防附和："好，来，我们先庆贺庆贺。"

史真不好说什么，只好笑笑，举起杯。

"小徐也赞助一杯。"江防拿起了徐蓝面前的杯子，"来，干了！"

四个人又干了一杯。史真话开始多了，他说："这项目估计很快就能批下来。现在的铊中毒治疗，轻者洗胃重者净化血液，但都会留下后遗症。如果能够找到有效的治疗方法，彻底清除，这对减轻煤矿行业日益严重的铊化合物中毒压力起到很大作用。只是，我们手头上那个瓦斯项目也快到期了，这两个项目不能同时进行啊。"

江防吃了一个徐蓝剥好的龙虾，犹豫着说："把那个瓦斯项目再延期，我来向上面打报告，实在不行，就放掉！反正经费下拨得也差不多了。"

"放掉？"史真瞪大了眼睛。放掉是他们的行话，就是项目研究实验失败的意思。理科方面的课题研究大都离不开实验，有实验就会有失败，这个也是常识。这里的问题是失败的次数，所谓放掉，就是虚报失败次数，本来已经成功的实验，偏说失败了，需要再做实验。这样，上面就不得不追加实验经费。瓦斯这个项目他们已经放掉一次了，史真不想再来一次，因为他完全可以保证这次的成功。

何采见史真脸色不对劲，赶紧出来打圆场。他对史真说："史老师啊，项目我们先申报着，再说还不一定能批下来呢！你说是吧？等这个项目真批下来了,我们再来研究一下工作如何进展,怎么样?"

史真点点头,接过徐蓝递过来的龙虾,哧溜下了肚,这东西,仔细品还是蛮有味道的。

三　撮合

实验室开放以后,史真又恢复到了以前的状态。他想把瓦斯实验尽快搞出来,如果真的像江防所说要放掉的话,那他在研究界就太没面子了。他不想为了钱丢了声誉。

好在两个助手都挺上心,和史真配合得很不错。两个人都是在职跟着史真攻读博士学位,都知道实验成果的重要性。张秦来自地区矿专,小伙子参加工作没几年,很有上进心,为了研究事业,至今还没结婚。王华是本市理工大学实验室的助理研究员,结婚比较早,后来因为孩子问题(据说是怀不上)和已经是博士后的丈夫离了婚,她就把全部精力投到事业上来了,下决心一定要读个博士学位,读完了博士还要进站发展。有了这两个助手,史真工作起来也省心。虽说两个人都是在职,都有基本工资,但因为不代课,岗位津贴就没有了。所以史真时不时地从自己的课题费里拿出一点补贴给他们,如果不是嫌找江防签字麻烦,他还要想方设法给他们多弄点。

两个助手都是单身,史真想撮合一下他们。在实验的间隙史真也偷偷观察过他俩,两人平时都很严肃,看不出对对方有什么感觉。张秦这小伙子是南方人,长得高高大大的,眉清目秀,在这个北方大学校园里,是个很打眼的帅哥。别人的评价史真不知道,但张秦有一次去家里,女儿贞子看见他,大惊小怪地偷偷表扬过他:"哇,想不到老爸手底下还有个韩国帅哥!简直是宋承宪再版啊。"史真由此猜测,张秦很受现代小姑娘们的喜欢。王华是本地姑娘,高个子,眉眼线条清清爽爽的,标准瓜子脸,虽说不上是绝代佳人,但看上去也别有一种韵味。可能是结过婚的缘故,她的身体丰腴有加,小腹微隆,有点少妇的味道。史真不知道自己撮合他俩合不合适,但总想试一试。

为了加快进度,实验室最近几个周末连续加了几次班。这天做完实验,史真留他俩到家里吃饭,他说今天晚上要亲自下厨,给他们做最拿手的狮子头。张秦和王华也不客气,跟着史真就去了。

因为是周末,天气又有点儿热,学生们都躲在有冷气的教室或者图书馆里,校园里安静了许多,只有鼓噪的蝉鸣声不断。三个人走在学校的主干道上,互相保持着一定的距离,走成了一个"品"字。史真看看身后这两个徒弟,觉得有些好笑。师徒之间有点距离就算了,同学之间还这么严肃,真是奇怪,这都什么年代了。

到家时,周刊已经做好了饭菜,只等史真下厨做他的狮子头了。贞子周末不出门,窝在家里看没完没了的韩剧。史真最看不惯贞子看那些俊男靓女卿卿我我地缠绵,他说那都是文化垃圾,知识分子应该抵制,什么玩意儿这是,裹脚布一样,又臭又长!贞子当然不理会他这一套知识分子理论,采取的是你说你的我看我的阴奉阳违的非暴力不抵抗态度。史真让张秦和王华坐下,悄悄给他俩使眼色,那意思是让他们站在博士的高度给贞子做做思想工作。王华笑了一下,把这个艰苦卓绝的任务推给了张秦,她悄声说:"你是大帅哥,又是异性,从接受学的角度,说话比较有效。"张秦笑笑,在贞子身旁坐下来,随口说了句:"这是什么电视?怎么看着眼熟?"

从张秦进门那一刻起,贞子就感觉到了自己怦怦的心跳。她极力掩饰住内心的紧张,装出一副轻松懒散的样子,似有似无地看了张秦一眼,说:"是最近热播的韩剧,你不会也看了吧?"

张秦笑:"没看过,觉得韩剧都是一个模式,无非是一个俊男加一个靓女,两人相爱不能爱,说尽了千言万语,经历了千难万险,费尽千辛万苦,想尽了千方百计,最后达到了目的,对不对?其实没什么意思,这种电视剧不用多看,只看一两集就知道后面的剧情了。"

贞子不看电视了,看张秦:"你真的假的?长得像韩剧演员不说,还对韩剧有研究,你不是成天跟着我爸在实验室里做实验吗?"

张秦笑笑,装出一副很神秘的样子,小声说:"你不要跟你爸说,我以前经常偷偷摸摸地看。"

贞子往厨房看了一眼,笑说:"放心,我们都是热爱韩剧的死党,我不会出卖你的。"

王华听到他们的谈话,在一边笑,这个张秦,让他做说服的工作,怎么谈成死党了?

狮子头出锅了,周刊招呼大家上桌吃饭。张秦和王华都不是第一次来,也不客气,拿起碗筷主动去盛饭。史真说:"别忙,咱们今天喝点酒。"他从冰箱里拿出一瓶干红,说:"今天我们把它消灭了!"贞子很积极地去厨房拿了一次性杯子,说:"我爸早就想把它喝掉了,今天哥哥姐姐来,正好满足了他的愿望。"史真哈哈笑,说:"大家都满上,满上,今天高兴,大家放松一下。"

倒酒。举杯。吃菜。

几杯酒下肚,饭桌上的氛围逐渐轻松,史真对贞子说:"来,给你张秦哥哥倒满酒,我们师徒俩干一杯!"贞子倒上酒,也拿起了酒杯,说她赞助一个。史真呵呵笑,说:"你看,露馅了吧?小姑娘不要主动喝酒,要向你王华姐姐学习,矜持一些。"王华摆摆手:"时代不同了,我们那时候的成长环境和现在没法比,还是贞子这样好。"贞子听出老爸在批评自己,噘噘嘴,吃菜。

干了一杯酒,史真给张秦又夹了一筷子菜,说:"平时跟我做实验太忙,太辛苦,把婚姻大事都耽搁了。"

张秦说:"没有没有,我一个人过习惯了。"

"那怎么行?"周刊见缝插针,"听老史说你也老大不小了,男子汉都是要成家立业的,立业不要耽误成家,成家才能立业。你说是吧,小王?"

王华正在吃菜,周刊把话头扔给她,她只好连连点头。

周刊说:"你看,人家小王就比你有觉悟。"

张秦点点头,不知道是因为喝酒还是真的害羞,脸色通红。

看张秦和王华的样子,史真哈哈笑,说:"你们俩都要抓点紧,我们的实验要成功,你们的婚姻大事也要尽快成功!"他这话虽然说得模糊,但听者心中自然有数,张秦和王华互相看看,红着脸笑笑。

史真又举起杯,说:"你们俩都很优秀,我对你们都很满意,你们双方也要多看看对方的优点。前段日子,中文系的李教授对我说什么生活都在别处。我就不同意他的观点,生活就在眼前,好东西就在身边,我们缺少的是发现的眼睛。来,再干一杯!"

史真的话连贞子都听明白了,老爸这是给张秦和王华撮合呢。不知怎么,贞子有些不高兴,本来看王华很漂亮的一个女人,这会儿怎么看怎么不舒服。她不是离过婚吗?怎么能配得上张秦这样的大帅哥?老爸真是没水平。贞子吃了一个大狮子头,说:"我吃饱了,你们慢慢吃,我去看电视。"

史真看了贞子一眼:"这孩子就知道看韩剧。"

贞子说:"韩剧怎么了?韩剧就是好,不信你问张秦哥。"

史真奇怪地看了看张秦,张秦头上冒出了一层细密的汗珠,结结巴巴地说:"这个韩剧不能多看,看一点就行了。"

史真点点头。贞子噘噘嘴。

喝完酒,吃饭。史真对张秦和王华说:"自己动手,丰衣足食。"张秦站起来,给史真、周刊盛饭。周刊笑笑,说:"我们不用你盛,你给小王盛一点。"王华赶忙摆手,说:"不用不用,我自己来。"张秦抢先拿了碗,王华只好红着脸坐在原地。那边看电视的贞子不易察觉地撇了撇嘴。

一顿饭吃完,史真自认为达到了目的。他留张秦和王华再坐一会儿,张秦推辞了,说回去有点事。王华也说要到实验室去一趟。史真说:"今天就不要忙了,你们回去好好歇歇。"他对张秦说:"小张,好好照顾小王啊,这么晚了,你负责把她送回家。"

王华说:"天还早呢,不用他送。"

史真说:"反正他也没事,你们一路走一路聊嘛。"

张秦表态:"请史老师放心好了。"

送走了张秦和王华,史真感觉完成了一件大事,心中一块石头落了地。他破例地和贞子坐在一起,看了两眼韩剧。贞子想打击打击他,随口说了句:"现在年轻人谈恋爱可没有那么简单!"

史真一愣,说:"贞子你这话是什么意思?"

贞子笑笑,我只是随口说说,你不知道,现在恋爱都是谈出来的,哪还有介绍的啊?

史真说:"小孩子懂什么?就你们这些大学生,感情单纯,认识没几天就热乎得不得了,这也叫谈恋爱?还不如介绍的牢靠呢。我和你妈就是人家介绍认识的,这不是挺好的吗?"

贞子笑,不吱声。

四　出国

这天中午,史真接到何采的电话,说:"申报的大项目批下来了,500万呢,老史,这可是我们实验室得到的最大一笔资金啊。"

史真没有想到,铊化合物中毒药物治疗研究的课题这么快就批了。当何采眉飞色舞地在电话中给史真通报这件喜事的时候,他举着电话愣了半天。对于500万的巨额研究资金,他倒不怎么奇怪,因为这样的课题现实意义重大,国家一向都是很愿意花钱的。

何采说:"老史啊,你快过来吧,江主任说要一起庆贺庆贺呢,还是老地方,九仙山庄。你快点啊,我们等你。"

这样闷热的天气,史真并不想去那个地方,待在实验室里多舒服。但碍于两位领导的面子,不去也不好。

在饭局上,江防大侃特侃,说:"这真是祸福相依,铊中毒事件还未平息,上头就给咱们实验室拨下来一笔巨款,进行课题攻关,这不是坏事变成好事了吗?哈哈。"他不停地让那个漂亮的服务员徐蓝倒酒,看得出来,他有些得意忘形了。

何采对史真说:"上边要求尽快研制出治疗铊化合物中毒的有效治疗方案,现在五个中毒的学生中,除两个中毒较轻,可以排除留下后遗症的可能以外,其他三个重症患者,照目前的药物治疗,肯定不能排除留下后遗症的可能。如果能够成功,这几个学生当是最直接的受益者。"

史真点点头,为了这些学生的健康,他决定先放弃瓦斯课题实验,着手铊化合物中毒的研究。

铊及其化合物是一种银灰色四角形结晶体,自然界中主要存在于锌盐、热铁矿或硫矿中,采矿业和冶金、提炼行业常接触。铊无色无味,一般人不易得到,毒性强烈。一般认为,铊对成人最小致死量约为 12mg/kg,也有人认为它对成人最小致死量在 12—10mg/kg 之间,而 5—7.5mg/kg 的剂量即可引起儿童死亡。铊和铊的氧化物都有毒,能使人的中枢神经系统、肠胃系统、皮肤、毛发及肾脏部位等发生病变。人如果食用、饮用了被铊污染的食物、水,或吸入了含铊化合物的粉尘,就会引起铊中毒。目前治疗药物主要是普鲁士蓝,其作用机制是,铊可置换普鲁士蓝上的钾后形成不溶性物质随粪便排出。采用的多为对症和支持疗法,维持呼吸、循环系统功能,保护肝、肾、心等脏器,给予足够的 B 族维生素。重度中毒者使用的是肾上腺糖皮质激素。也可采用导泻、利尿剂以促使铊的排出。目前看,要想根治铊中毒,主要思路还是在清洗和中和上。如何让铊中毒者不留后遗症,这是一个需要实验解决的主要问题。

这几天史真翻阅了国内外几乎所有的铊中毒方面的资料,他在互联网上查到,美国旧金山一家华人医院,曾经有过数次治愈铊中毒患者并且没有留下后遗症的病例,他想去美国看一看。如今出国也不是什么难事,只要学校领导同意,他作为项目的主持人有足够的科研经费,再说科研经费里面本来就有外出考察的项目支出。

吃完晚饭,史真把这个想法在电话中给何采说了,何采满口答应,说:"好啊,出去走走,既搞了研究又开了眼界,支持支持,不过你最好再给江主任说一声。"史真本想只给何采说说就可以了,没想到还要给江防汇报,他最讨厌办事官僚,平时没事根本不去找什么领导。他气哼哼地撂下电话。周刊在看电视,看到史真有些生气,就安慰他说:"有话好好说,生哪门子气啊?"史真鼻子里发出一声哼,叹了口气,重新拿起了电话,打给江防。江防不在家,他老婆金玉说:"老江刚出去散步了,你打他手机吧。"史真只好又拨了江防的手机,电话通了,江防设置的彩铃《心太软》,史真听了老大一会儿,几乎把这首歌都听完了,那边还没动静。他刚想挂掉,听到江防问哪位,他喘着粗气,像是在跑步。史真说:"是我,老史。"他把想出国考察的事儿说了一遍。江防犹豫了一会儿,最后说:"可以,不过我要给吴校长说说,现在出国的事儿都得他点头才行,你去应该没问题,为了科研嘛,学校应该支持。只要吴校长批了,学校国际交流中心几天就可以办好手续。"史真想不到这事还要给吴校长汇报,用自己的科研经费干吗还要给他说啊?史真不好说什么,只得挂了电话,等消息。

你总是心太软,心太软,把所有问题都自己扛……史真忽然对江防的铃声深有感触,可不是,我总是心太软,把所有的实验都自己搞,让他们落得一身轻松,这名啊利啊的,最后都少不了他们一点。这个世道啊,没辙,谁让人家是领导呢!

江防的效率蛮高。第二天他就去找了吴校长,拿到了批条,兴冲冲去了实验室。史真和张秦他们正在做稀释铊中毒的实验,那只用来做实验的小白鼠在史真手里挣扎来挣扎去,很不老实。王华在一边准备麻药,正要给小白鼠注射,看见江防,停了下来。江防离老远就呵呵笑,对三个人说:"辛苦辛苦,三位辛苦。"史真示意江防不要进来,他没穿防护服。江防停下脚步,史真把小白鼠交给张秦,走出去。江防笑嘻嘻地把吴校长的批条交给史真,说:"到国际交流中心去办手续吧,吴校长很重视你这次考察工作,特意关照说你可以带个家属去。"

带家属?史真犹豫起来,带什么家属?这是去搞研究,又不是去旅游。

"要不带个助手也行啊。"江防笑着说,"既然有名额,不用白不用,再说,一去就是十天半月的,你也需要个帮手不是?"

"这……好吧!"史真笑笑,"既然学校这样照顾,那我就征求一下张秦和王华的意见,看他们谁去合适。"

江防说好。他拍拍史真的肩膀:"也不要搞得太紧张了,老史啊,你搞科研搞了大半辈子了,该放松的时候就放松,科研不是生活的全部啊。趁着这次到美国去,好好玩一玩,就当是学校给你放个假。"

史真看着江防的背影,嘟囔了一句:"什么意思?什么科研不是生活的全部,那是你们这些人,对于我,科研就是生活的全部!"

不管是科研考察还是休假,能出去看看总归是好事。史真看着手中的批条,吴校长那龙飞凤舞的字很是潇洒,尤其那句"请国交处尽快办理相关手续及订机票事宜",颜筋柳骨,韵味十足。据说吴校长年轻的时候专门练过书法,经常给人家题个匾什么的,学校里归他分管的院系处室差不多都找他题过字。

史真拿着这一纸批示,喜滋滋地进了实验室。小白鼠已经被麻醉了,正舒展着身子在实验台上睡大觉。史真把批条往实验台上一放,对两位助手说:"为了搞铊中毒治疗的研究,我争取到一个到美国考察的机会,你们两个看谁有时间,陪我去一下。"史真说得轻描淡写,两个助手却很激动,有出国的机会谁都想去,何况还是跟着导师公费考察。但张秦很机灵,他知道自己不能主动提出,这个时候他和王华谁先说出来都不好。王华也是这个想法,她看了看那个批条,对史真说:"让张秦跟着去吧,他业务熟练。"史真看看张秦,张秦摆摆手,说:"还是王华去吧,女孩子心细,路上好照顾史老师。"史真听他俩推来让去,笑笑,他不好表态带谁去不带谁去,只好说:"你们合计合计,今天晚上给我个答复,我明天早晨去国际交流中心办手续。"

晚上吃饭的时候,史真把出国的事儿给周刊和贞子说了,贞子一脸的兴奋,说:"带我去带我去!我做梦都想去美国!"周刊笑,说:"我还想去呢,跟你爸过了大半辈子了,从没带我出过国!"史真知道周刊在开玩笑,吃完最后一口米饭,扒拉扒拉碗底的米粒,咂巴着嘴,说:"这次主要是去做科研考察,等这个实验成功了,我带你们俩去一趟新马泰怎么样?"贞子说:"好啊,要去就去一个月,好好玩玩儿,也让我放松放松。"周刊站起来收拾碗筷,对贞子说:"不要高兴得太早了,没听你爸这话有个前提吗?必须是实验成功了。

那要是实验不成功呢?"贞子的脸拉了下来:"不成功也得去,爸爸一向说话算数。"史真笑,说:"好好,去!"正说着,电话铃响了,史真接起来,是张秦,他说:"我和王华商量好了,王华跟着你去美国,我在家继续做实验并照看师母。"这个结果有点出乎史真的预料,本以为张秦会跟着自己去,王华毕竟是个女同志,不方便呢。但既然是他们商量的结果,他也不好说什么,只得说好吧。

  周刊得知王华跟着史真去美国,脸上闪现出一丝不易察觉的忧愁。洗完澡上床睡觉,史真主动抱住周刊,周刊推了他一下:"干什么? 都老成这样了,少来啊。"史真笑:"老有老味……"周刊说:"今天有点累,你这一趟去美国带了个女学生可要规矩点啊……"史真愣了一下,说:"原来你是担心这个,放心吧,我是一颗红心忠于党,一辈子只举一杆旗,一个信仰信到底……"周刊撇了撇嘴,搂住史真的脖子……周刊虽然过了四十,但身体保养得还不错,尤其是那对大乳房,一点儿都没有下垂,还保持着十八岁小姑娘时的饱满与挺拔。史真就喜欢这对宝贝,有事没事就放在嘴里叼着。他为此还多次总结经验说,女人一定不能奶孩子,女儿贞子小时候就几乎没吃什么奶水,喂的都是高级奶粉,要不然周刊人过中年不会还保持着这样漂亮的乳房。但在年龄面前,有些东西还是无法保持的,比如周刊的屁股就下垂松垮得厉害,年轻的时候骑在上面像弹簧,如今不行了,就像海绵,压下去就起不来了。还有就是身体的机能,四十岁以前史真每周需要两三次,周刊在这方面也是旺盛得很,过了四十五,次数明显下降,而且反应迟钝,史真不够坚硬,周刊也不够湿润了,骑上去半天都下不来。这人啊,说老就老了。

五 旧金山

史真不服老。上飞机的时候,王华伸手要帮他拿箱子,被他推开了,他说不用,他能行。王华笑笑,说:"我跟着你来就是要照顾你的!"史真愣了一下:"你是个女孩子,手没有劲,箱子沉,还是我自己来吧。"把箱子搬上飞机,空姐主动过来帮忙,把箱子放进了座位上方的行李架,还帮着史真系好了安全带。史真跟漂亮的空姐开玩笑:"看来我真老了,谢谢啊。"高挑大方的空姐嫣然一笑说:"这是我们应该做的。"坐在旁边的王华扑哧笑出声来,说:"史老师该去染个发,省得你那几根花白的头发让人家误会。"史真摸摸头顶,笑笑说:"我听说人家美国小姑娘特别喜欢白头发的老头,我可不能染,要染也要等回来再染。"史真说完哈哈笑。王华红了脸,埋头整理随身携带的包。

一阵颠簸,飞机起飞。平稳升空后,空姐送来晚餐和咖啡。王华给自己要了一份汉堡包,问史真要点什么。史真说:"来之前你师母给我做了一碗鸡蛋汤,现在不太饿,就喝点咖啡吧。"空姐给他倒了大半杯咖啡,笑盈盈地说:"喝完了可以再加。"史真点头,转脸看机窗外幽蓝的夜空,飞机穿过气流,机身轻微颠簸震动。他朝飞机下方看去,隐隐约约看见点点灯光。飞机正在飞过一个城市,史真对王华说:"能看到灯火。"王华第一次坐飞机,有些新奇和紧张,她坐的位置离窗户远，把身子俯到史真那边才能看到下面的情景。王华穿着低胸衬衫，身子俯下来胸口全都暴露在史真眼皮子底下。史真感觉有些脸红耳热，把脸扭向窗外。王华为了看得清楚，身子越俯越低，整个胸脯都压在史真的大腿根处，那里很快就灼烫起来。

飞机平稳降落在旧金山机场，史真一出机舱，就感觉不太适应，旧金山的阳光很强，刺得眼睛发痛。下舷梯时，王华执意要替史真拿行李箱，史真只好放手。两人小心翼翼地乘上出机场的班车。班车上人很少，不像国内机场那么拥挤。车上两个当地华侨注意到史真和王华，向他们投来友好的目光。初到异国他乡，看着窗外摩天大楼繁华景象，史真和王华都有些兴奋。远远地看到了旧金山著名建筑金门大桥，桥身在阳光下闪耀着朱红色，和天安门的颜色一样。

半小时后，两人到了离医院不远的一家旅馆，到服务大厅办理住宿手续，服务员连问也没问，就给他们开了一个房间。史真很尴尬，王华赶紧解释说："我们不是夫妻，请开两间房。"那个漂亮的金发女郎连声说 sorry sorry（对不起），迅速地给他俩办好了手续。两人坐电梯上楼，王华把史真的行李送进了他的房间，她想替他整理一下衣物，被史真阻止了，他红着脸说："我自己来我自己来，你去忙你的吧。"王华笑笑，说："那我去洗个澡，这一路坐飞机挺累的。"她去了隔壁房间，过了一会儿，史真听到了哗哗的流水声。他开始有点后悔带王华出来，这要是被哪个别有用心的人给遇见了，不知道要放出什么谣言呢。也罢，既来之则安之，不管那么多了。史真也脱了衣服,去洗澡了。

洗完了澡,听到有人敲门,史真穿好衣服,打开门,是王华。她甩着湿漉漉的头发进来,问史真肚子饿不饿,要不要出去吃点东西。史真看看天,傍晚了,他笑笑说:"我时差还没转过来,看样子天还早,不过肚子还真有点饿了,我们出去走走,看看医院的情况,顺便找点吃的。"两人出了旅馆,顺着医院方向走。

没走几步,就到了那家华侨医院。在国内时,史真给在这家医院工作的一个同行发过一个电子邮件,告诉他要来旧金山考察。这个同行姓唐,是个华侨,有个美国名字叫维纳斯唐,在铊中毒研究方面很有成就。他答应在史真到达旧金山的第二天接待他们,今天他人正在纽约,参加美国国会组织的一个医疗事故听证会。

两人在医院周围看了看,这家医院的环境的确不错,医院里一座高楼没有,都是清一色的、三四层高的、纯白色楼房,医院周围全是高大的植被,绿树掩映中,白衣天使们笑容灿烂。由于今天没有安排考察项目,史真和王华不好贸然进入医院,在外围看了一会儿,就去了一家华侨饭店。

还没到吃饭的高峰,饭店里人很少,服务员看见他俩进来,热情地用英语打招呼。在国内读博士,首先要过英语关,因此王华的英语水平足够应付这些日常问话,倒是史真,一会儿看看服务员,一会儿看看王华,乐呵呵地笑着,他听不懂她们叽叽喳喳说什么。王华给他翻译说:"服务员问你吃点什么?"史真说:"这不是华侨饭店吗?怎么服务员都是美国人,还不说汉语?"王华笑笑,说:"华侨饭店可能只是个名字吧,毕竟是在美国,当地人比华侨多啊。"史真点头,说:"我随便吃一点,你看着点吧。"王华说:"来点牛排怎么样? 既然出来了,就不要吃中餐了,来点纯正的西餐。"史真说好,我也尝尝美国大餐! 两人点了两份牛排外加一份水果沙拉。十分钟之后,牛排上来了,史真看看颜色通红的牛肉,对王华说:"这熟没熟啊? 怎么看上去还有些血丝?"王华笑,看来自己的老板在国内确实没怎么吃过西餐,她说:"你放心吃就是,保管没事,美国人都是这个吃法。"史真将信将疑地拿起刀叉,费了半天劲,也没把那一大块东西分开。看着史真为难的样子,王华想笑不敢笑,把自己分好的那一份推给史真,说:"咱换一换,这西方的刀叉你用不习惯。"史真尴尬地笑笑,说:"是很不习惯,你在国内经常吃西餐?"王华点头:"以前常去迪克牛排吃一点。"史真说:"怪不得你那么熟练。"

吃完饭,两人散了一会儿步。华灯初上,旧金山笼罩在一片暧昧的夜色中。凉爽的风迎面吹来,偶尔有成群结队的年轻人,开着敞篷车,大声地尖叫着,从身边驶过,划破城市的安静。看着眼前的景象,史真有一点如梦似幻的感觉,昨天还在实验室呢,今天就带着自己的女助手飞到了美国? 而且是只有他们两个人! 史真从来没有过这样的虚幻感,按说快五十岁的人了,看惯了秋月春风,再过几年,就到了一壶浊酒喜相逢的年纪了,还能有这么年轻冲动的劲儿? 唉,难以相信。

到了旅馆,王华红着脸说:"我第一次出国,很激动,恐怕睡不好。"史真笑笑:"都这样,适应了就好了。"王华替史真开了门,打开灯,说:"我要是睡不着,可不可以过来找你聊天?"史真愣了一下,说:"好,只要我没睡,你就可以过来。"王华脸色潮红地去了自己房间。看着王华婀娜的背影,史真感觉到身体某个部位有点异样,旧金山的夜晚啊,你为何如此暧昧?

史真一直把王华当作自己的学生、助手,这个离过婚的女人在学术上很有潜力,她胆大心细,很有毅力,有一股不服输的倔强劲头,史真很欣赏她的这种性格。平时并没有太注意过自己这个女学生的情感生活,只知道她离过婚,没有孩子,年近三十,举手投足顾盼生辉,女人韵味十足。本想让她和张秦好好处处,但从上次的撮合看,效果并不理想,原因在哪儿,史真也不清楚。大概还是贞子说得对,这个时代的年轻人都有自己的想法,即便在恋爱方面也是要自己来"谈",不喜欢别人"介绍"。

史真不清楚王华刚才是不是在暗示什么,如果王华是在暗示他,那这次带她出来就是一个很大的错误。大学可不比社会,在大学里面乱搞男女关系是要冒被乱嚼舌头的巨大风险的,况且,史真在学校的威望很高,他可不想拿自己的声誉开国际玩笑。他躺在床上,把电视声音开得很小,侧耳倾听隔壁房间的动静。那些美国播音员说出的话,他一句也听不懂,开电视纯粹是消磨时间。他随便选了一个台,一个裸肩露背、浓妆艳抹的女主持在播报电影海报。过了一会儿,电视画面突然出现了一些赤裸裸的男女性交镜头,史真吓得一激灵,四处看看,确信没有第二个人在屋里,才面红耳赤地又看了一会儿。妈的,怪不得都说美国人开放呢,这可真够开放的,男女性交就如同动物交配一样,随随便便就干上了。这不是开放,简直是放开嘛。史真在国内听说过,美国电视有专门的成人频道,莫非这个就是?他看了一会儿,觉得差不多,的确是成人频道。

这天晚上,王华并没有来敲门聊天,史真长吁了一口气,关上电视,睡了。

第二天一早,史真被悦耳的鸟鸣声叫醒,打开窗户,看见几只不知名的小鸟停在窗外的大树上。史真不得不佩服美国的环保就是好,这里并不是郊区,环境搞得如此怡人,真是了不起。看看时间,已不早,赶紧起床,刷牙,洗脸,上厕所。一切收拾停当,还不见王华的动静。史真有些奇怪,这个王华不会睡到现在还没起床吧。他穿好衣服去敲门,敲了半天,王华才开门,她只穿着一件蓝色内衣,睡眼蒙眬地说:"谁啊?"史真看到她半裸的样子,脸色发烫,他侧过身去,说:"该起床了,我们今天要去华侨医院考察。"王华大梦初醒一般,慌慌张张地刷牙、洗脸、换衣服。史真站在门口,回想王华刚才那高耸的乳房,鼓胀的小腹,禁不住面红耳热。这个女学生,太不注意了!

王华收拾好了,锁上门,出来就给史真道歉说:"不好意思,昨晚睡得太晚了。"史真想问她,是不是看电视看得太晚,想起昨晚上的成人频道,就没问。两人在饭店吃了早餐,就去了医院。

维纳斯唐正站在医院门口等他们,一看见史真,就露出一副很激动的模样,搂住史真的肩膀拥抱了半天,说着半生不熟的中文:"欢迎欢迎,欢迎您来到旧金山。"史真和他在国内开会的时候见过两次,维纳斯唐如此热情,让他有些受宠若惊。史真转身把王华介绍给他,说:"这是我的助手王华。"王华很得体地把手伸给满头银发的维纳斯唐,维纳斯唐发出一声惊呼:"啊,王小姐如此年轻漂亮,真是年轻有为啊!"王华笑笑,合不拢嘴。

寒暄了一会儿,维纳斯唐带着他俩进入医院内部。他们先后看了医院铊中毒治疗的药物清单、病人的病例以及治疗后的跟踪调查,并且考察了医院的铊中毒研究中心,获得了很多珍贵的第一手资料。史真跟同行维纳斯唐开玩笑:"你不怕泄露了医院机密?"维纳斯唐哈哈笑,很生硬地说:"医疗事业是全人类的事业,没有什么秘密可言,再说,天下华人是一家,对自己人,更不存在什么秘密。"史真听了这话很感动,看看王华,王华也是面有戚戚然。

在医院里待了一个上午,不知不觉到了午饭时间,维纳斯唐要请两位同行到旧金山的特色饭店吃饭。史真推辞说:"不麻烦了,您能陪我们考察医院,给我们提供第一手资料,我们已经很感激了。"维纳斯唐执意要请他俩吃饭,说:"我的车就在外面,很方便。"史真看看王华,王华不好说话。史真只好听从维纳斯唐的安排。

车子开了大概二十分钟,所谓的特色饭店就到了。史真刚看到这家饭店时吓了一跳,饭店装修十分简陋,一点儿都不"特色",连九仙山庄都不如,充其量和国内路边的小饭馆差不多。将信将疑地跟着维纳斯唐进去了,史真才发现里面别有洞天,简直是个天然氧吧。鲜花绿草,流水假山,真是别有一番情调。

六 维纳斯唐

这顿饭吃得很悠闲,维纳斯唐举手投足尽显潇洒优雅。三杯红酒过后,他开始纵论美国的内政外交,谈美国的自由民主和人居环境;谈美国和国内的经济与政治差距。说着说着,他忘乎所以地手舞足蹈起来。他也很关心国内的政治,不断地问起各种各样的问题。史真只笑不答,不是他不愿意和维纳斯唐对话,而是他平时对此并不关心,所知甚少。本来以为外国的学者和中国知识分子一样,只关心学术科研,没想到,他们竟然这样关心政治。这大概也是美国生活的一大特色吧。

吃完饭,维纳斯唐开车送史真和王华回旅馆。在车上,他笑眯眯地用英文对坐在后排的王华说:"国内的人中午都喜欢小睡一会儿,美国人没有这个习惯,觉得中午睡觉是浪费时间,我已经习惯了美国的生活方式,中午喜欢在办公室加班。"王华点头微笑,表示理解。史真听不懂他们的谈话,看车窗外面的风景。维纳斯唐突然问王华:"王女士这么年轻漂亮,大概还没结婚吧?对美国生活感不感兴趣?"王华没想到这个满头银发的小老头儿,会提出如此私密的问题。看看他专注开车的模样,愣了一会儿,她说:"我对美国了解不多,还谈不上喜欢不喜欢。"维纳斯唐笑笑,说:"想了解美国,至少需要三年的时间,如果你对此感兴趣,我可以帮助你申请相关的资助经费,你可以到美国的医科大学来读博士。"王华有点儿受宠若惊,不相信地看看维纳斯唐,又从反光镜里看看史真,史真沉浸在外面的一闪而过的风景,根本没在意他们的对话。王华不想失去这样的机会,但也不想表现得太过激动,她极力装作镇静的样子,用英文说了句:"thanks(谢谢)。"维纳斯唐见王华答应了,高兴地吹起了口哨。

到了旅馆,维纳斯唐把他俩送到房间,很关心地查看了一下史真的住宿环境,不时地点点头。他看看王华说:"如果不介意的话,到女士房间坐会儿?"王华脸色微红,用流利的英文说:"当然不介意。"维纳斯唐哈哈大笑,和史真一起进了王华房间,他还替她打开了窗户,说旧金山的治安环境很好,尽管放心。三个人在房间里聊了一会儿,维纳斯唐询问了史真的行程安排,知道他们此行的主要目的已经达到,呵呵笑着,劝他们说:"不要急着走,旧金山有很多好玩的地方,如果你们感兴趣,我可以陪你们玩一玩。"史真说:"不敢耽误你的时间了,我们自己随便走走看看就行了。"维纳斯唐说:"我建议你们一定要去一趟纽约,来美国不去纽约是很大遗憾,那里是美国现代文明的集大成,应有尽有。"史真说:"有时间一定去。"王华一直不说话,微笑着倾听。维纳斯唐说:"我后天去纽约开会,我可以带你们一起去。"史真犹豫了一下,看看王华,王华低下头。史真说:"如果是这样,那就给唐先生添麻烦了!"维纳斯唐说:"不麻烦不麻烦。"史真有些疲劳,忍不住打了个哈欠。维纳斯唐起身告辞,给史真留下他的电话说,这两天有事的话就打电话找他。两人把维纳斯唐送到电梯口,各自回屋休息。

下午,王华起得早,过来喊史真一起去看旧金山著名的金门大桥。史真已经拿到了铊中毒治疗的第一手材料,完成了主要任务,心情放松下来,换上运动服,拿了相机,兴高采烈地下楼乘车。其实江防说得对,学校让他们来美国,多半是为了度假休息,科研考察只是个很好的由头。既然如此,索性玩个痛快,反正有那么多的科研经费,不用白不用,放在江防他们手里,还不知怎么胡吃海喝呢。我史真搞了那么多科研项目,申请下来那么多科研经费,要说花在自己身上的钱,还真是少之又少。史真这样想着,也就渐渐放松了心情。哦,美丽的旧金山,我来了!

两人玩得尽兴,回到住处已经很晚了。史真匆忙冲了澡,躺在床上看电视。看了一会儿,美国总统布什在国会演讲,听不懂,换台,不经意间,又看到了成人频道,他禁不住感叹,这美国人真开放!他把电视声音拧得很低,听到王华在洗澡,水流哗啦哗啦得响,还有轻微的娇喘声。看来,这美国的旅馆隔音也好不到哪里去,史真看着暧昧的电视画面,耳朵听着隔壁水流冲刷身体的拨拉拨拉声,有些心猿意马。他对自己说,老史啊老史,你这样的行为很危险啊,带了一个单身女学生出来不算,还偷听她洗澡,你可不能晚节不保啊,你英明一世可不能糊涂一时啊。他一遍遍地叮嘱自己,听到水流声越来越少,渐渐消失。王华洗完澡了。过了一会儿,史真听到了咚咚咚敲门声,他心跳加速,面红耳赤,她来了!这么晚了还来干什么?他赶紧换了频道,去开门。是王华,笑吟吟地站在门口,她穿着一件半透明的丝质睡衣,说:"可以进来和老师聊聊天吗?"史真点点头:"进来吧。"王华进来,带上门。屋里空气有些紧张。王华看看电视,布什正在慷慨激昂,她笑着说:"史老师对美国政治感兴趣?"史真呵呵笑,说随便看随便看。史真坐在床边,王华在旁边的沙发上坐下来,愣了一会儿,吞吞吐吐地说:"今天唐先生问我对美国感不感兴趣,说要帮我申请留学经费,我想把这事告诉你。"

"哦?有这事?"史真身体前倾,随口说,"这是好事,到美国读个博士学位对你的发展有好处。"史真这两年身体有些发福,有一个很典型的将军肚,坐在床边,肚子受到挤压,感觉很不舒服,他干脆把整个身体都斜靠在床头。王华是他的学生和助手,用不着太拘谨。

王华点头,说:"唐先生很热心,可能是靠了你这层关系,才主动提出来的。"

史真笑笑说:"其实我和他也没有深交,他有心帮你,是好事。等我们把这个实验搞完,你的博士论文也差不多了,到时候如果你想申请美国的第二博士学位,我可以出面做做学校的工作。"

王华露出一副感激的样子,脸色绯红,眼睛紧盯着史真的脸,幽幽地说:"你这次带我出来我很感激,其实我一直很仰慕你,我每次和你一起待在实验室里,都有一种想亲近你的冲动。我极力压制自己,因为我不想破坏你和师母的感情。你想让我和张秦好,这个我们俩都知道,可是我们不是一路人,他很独立,我也很独立,两个都很独立的人是走不到一块的。其实,我,一直,都想……"

"你不要说了。"史真打断王华的话,"不要说了,我都快五十岁的人了,还是你的导师,绝对不能做对不起你的事!"

王华低下头,痛苦地闭上眼睛。愣了一会儿,她满脸泪痕地站起身,往门口走了两步,说:"太晚了,老师你该休息了。说完回自己屋了。"

史真听到隔壁传来呜呜呜的哭声。这是被压抑的哭声,她一定是用被子蒙住了头。

这一夜,史真失眠了。

翻来覆去地睡不着,史真干脆起来看维纳斯唐提供的铊中毒治疗的材料,一接触到自己的研究,他就很快沉浸其中,忘掉了周围的一切,王华那边什么时候安静下来,他也没有察觉。直到窗外传来几声鸟叫,他起身拉开窗帘,天亮了。旧金山的太阳好像升起得特别早,一张红通通的娃娃脸悬挂在东方。史真毫无睡意,他呼吸着窗外的新鲜空气,此时真想抽一支烟。在国内,史真几乎从没抽过烟,唯一一次抽烟是在大学同学聚会那会儿,同班男生都在那里喷云吐雾,大家都怂恿他抽一根,说不抽烟那还算什么男人。连女生们也在一边跟着起哄,说还从来没见老史抽烟是什么样子呢,今天非得要看看。这帮同学大都走上了行政、做生意的道路,如今都是有钱的大哥大、大姐大,在高校做研究工作的,只有他一个,和他们比,史真觉得自己真是一个穷光蛋。他禁不住大家的劝,抽了一根同学递过来的小熊猫,呛得直流眼泪,惹得大家哈哈大笑。一个女生说,看来老史和大学时候一样真的是不行,这样也好,省得一身烟味。史真回忆起这个简短的抽烟史,一股甜蜜和酸楚泛上心头。唉,如今都老了,这个世界已经不是我们的了。他继续翻阅材料,用笔画出了几个有疑问的地方。他发现这些材料有些地方语焉不详,一些数据很模糊,如果不是维纳斯唐有意保留,那就是实验材料本身有问题。史真决定早饭后,再去一趟华侨医院,作为此次美国之行的主要目的,他绝对要保证有所收获,不虚此行。

八点钟,王华还没有起床,史真想去敲门叫醒她,抬起手,又想到昨天晚上的情形,叹了口气,手又放下了。他给王华在门上留了个纸条:

王华:我去华侨医院了,睡醒后可去那里找我,也可自行安排。史真。即日。

史真在饭店里简单吃了早餐,向医院走去。几个疑问在脑袋里来回穿梭,他顾不上看路边的风景。他估不准这个时间维纳斯唐在不在办公室,只能碰碰运气。

进了医院,没有人询问。他直奔维纳斯唐办公室,他正好刚到,正换衣服,准备去会诊。看见史真,愣了一下,笑着说:"看来史教授遇到什么难题了?"史真笑着说:"是遇到问题了,材料上有几个数据有些模糊,想来请教一下。"维纳斯唐看看表说:"有个病例,我要去会诊,你直接到我们的铊中毒治疗研究中心实验室,那里有更加翔实的资料。"史真一听可以到实验室,就很高兴,看来这位同行对自己确实没有保留。作为专业科研人员,史真知道这样的实验室一般是不会对外人开放的。维纳斯唐把他带到了医院最里面一间透明的大房子,里面有几个年轻人在安静地做着实验。维纳斯唐把史真介绍给他们,史真与他们依次握手互致,哈罗。维纳斯唐给一个穿白大褂的金发女郎耳语了几句,金发女郎频频点头。维纳斯唐和史真握了握手就去忙会诊了,金发女郎把史真带到实验室里间,里面堆满了铊中毒的实验材料,用十分生硬的汉语说:"史教授随便看,如需要帮助,可直接找我。"史真连声说:"三可有三可有。"

看着面前这么多铊中毒治疗的原始数据和基础材料,史真如获至宝,他贪婪地一本一本地翻阅着,如饥似渴地查找自己需要的数据材料。看来,维纳斯唐昨天给他复印的只是其中最主要的部分,而一些他认为不重要的,对于史真来说,却很关键的资料,却没有提供。倒不是他有所隐瞒,而是没有想到史真会需要这么多。史真很为今天亲自来实验室感到庆幸,如果回到国内再发现数据方面的问题,查询起来可就麻烦了。

一上午的时间过去了,维纳斯唐一直没有再次出现,王华也没有来医院找他。漂亮的金发女郎来关照过两次,问史真有没有需要帮助的地方。史真以前在电视上看到过美国女人,感觉她们一个个如同放大的芭比娃娃。现在一个活生生的真人在眼前晃悠,他有些不太适应。这个金发女郎个子高挑,身材修长,胸饱满屁股大,看上去有些让人望而生畏。女郎走路婀娜多姿,腰肢扭来扭去,史真不好意思看,只拿眼睛余光扫了两眼。都快"奔五"的人,竟然还为此感到脸红耳热。

左等右等,维纳斯唐迟迟不来,实验室的年轻人差不多都走光了,只剩下金发女郎和史真两个人。那女郎明显是在等史真,情绪有些焦虑,或许她约了情人一起吃午饭。史真的数据也核实得差不多了,他打算鸣金收兵,打道回府。史真收拾好材料,对金发女郎说了几句三可有。女郎微微笑,说:"骨的白。"史真说:"骨的白骨的白。"

七　纽约

走在路上,史真抬头看看天,正午了,肚子饿得咕咕叫。整个上午,王华一直都没来找自己,她不会出什么事儿吧？想到昨天晚上的事情,他加快了脚步。

急急地上了楼,史真看到王华房门紧闭,他留给她的纸条还在。她不会到现在还没起来吧？他刚要敲门,忽然听到连续几声急促的尖叫和喘息,那声音夹杂着女人狂放的、毫无顾忌的、造作夸张的呻吟、哼叫,啊啊啊声不断撞击着史真的耳膜。他呆住了,整个人僵在那里,不知所措。愣了半天,史真打开自己的屋门,神情呆滞地坐在床前,王华在干什么？那是电视里面的声音,还是她自己的声音？她不会是在……史真不敢想了。

兀自坐了一会儿,侧耳倾听着那越来越清晰的呻吟和越来越浓重的喘息声,史真等隔壁房间里渐渐安静下来。他不想让王华感到难堪,但他想知道到底发生了什么。如果王华真是在干那事,她又是和谁呢？史真决定,不让王华发现自己在房间,他悄悄关好门,去了楼下大厅,在一个僻静的地方坐下来,目不转睛地看着楼梯口。

大约过了十分钟,楼梯口有笑声传来,维纳斯唐和王华肩并肩地向外走去。史真张大了嘴巴,呆住了。

史真听到维纳斯唐和王华用英文在旅馆门口说笑。几分钟后,王华独自一人上楼。她面色红润,头发凌乱。

稍微冷静了一下,史真也上了楼。他装作什么都没发生一样,打开门,王华那边传来哗啦哗啦的流水声,她在洗澡。史真不想听这样的声音,把电视声音放得震天响。

过了一会儿,王华敲门进来,她神态自若,问史真:"史老师什么时候从医院回来的?昨天晚上睡得晚,刚起来,就没去医院找你。"史真点点头,说:"我刚从医院回来,正等你起床一起去吃饭呢。"王华嫣然一笑,说:"那你稍等,我扎一下头发就去。"她转身回屋。史真不易察觉地笑笑,这个王华,还真会装样子。看来,对于自己的学生,他还需要进一步了解重新认识啊。以前只是觉得学生们都很简单,跟自己一起搞搞研究,没把他们当特别独立的个体看,对于他们的私生活了解也不够。人嘛,总有自己的生活。想到这里,史真心里也就觉得不再那么堵得慌,轻松舒畅多了。

两人一起去吃饭,王华将头发随意地绾了一个卷,看上去神清气爽。她好像把昨天晚上的事情忘得一干二净,和自己的老师有说有笑。史真当然也不会主动提起不愉快的事儿,两个人心情很好地吃了顿美国大餐。中午小睡片刻,王华主动过来找史真聊天,提议去旧金山的大剧院看看,她兴高采烈地说,今天晚上那里有一个华人演唱会。史真对演唱会并不感兴趣,他本想利用下午的时间把手里的资料再看一看。但看看王华期待的眼神,犹豫了一下,说:"演唱会我就不去了,你要是实在想去,就和唐先生联系一下,看他晚上有没有时间。"王华闻听此言,脸色一暗,她猜想史真已经察觉了她和维纳斯唐的好事,低下头沉默不语。史真意识到自己话说得不妥,但想收回也来不及了。他也不知道自己为什么要说这样的话,明知道这事儿比较敏感,自己为什么还要说?难道心里还是有疙瘩?嗨,都这把年纪了,还嫉妒不成?史真赶紧转换了话题,说:"我正在考虑明天去不去纽约,你看我们去还是不去?"王华抬起头来,说:"你来安排吧。"王华学聪明了,不拿主意。史真想来想去,说:"去就去吧,跟唐先生走一趟纽约也不错,好歹我们也来美国一趟不是?"他笑了笑。王华也笑笑,说:"那晚上我也不出去了,陪你看看资料吧,我这个助手,到现在还没发挥作用呢。"史真笑着拿给她一摞材料:"这是新的,你看看有关的实验数据有没有什么问题。"王华接过材料说:"那我回房间去看了。"史真点点头。王华走路的脚步有些沉重,她大概有心事,这心事不好说,只能窝在心里。

晚饭前,维纳斯唐来到了旅馆,笑呵呵地说,要带史真和王华去吃美国海鲜。史真现在看维纳斯唐怎么看怎么别扭,但又不好拒绝。他叫了王华,王华大概早就知道维纳斯唐要请吃饭的事儿,收拾得干净利落,兴冲冲地跟在维纳斯唐身后下了楼。史真心里很不爽,但他没表现出来。

史真心情不爽,海鲜吃得也索然无味。吃完海鲜,维纳斯唐送他俩回旅馆。坐在维纳斯唐的宝马车上,看着这个风流倜傥的同行,心想这个老家伙今天不会在旅馆过夜吧,看来还是人家美国人思想解放,都这把年纪了,还如此放浪不羁,不愧是盛产"伟哥"的国家。史真愣神的工夫,旅馆到了,维纳斯唐叮嘱他俩说:"明天早点起床,别误了去纽约的航班,飞机可不等人啊。"他面带微笑,彬彬有礼,和史真握手后,潇洒而去。

一夜无话。

史真一直在听隔壁的动静,没听出什么结果来。他在回忆自己的这个女助手刚考上博士生时的情景,那时候,好像她还没和丈夫离婚,是个身材丰满的姑娘,不太爱说话,有些羞涩,白白净净的脸蛋,丹凤眼,弯弯的眉毛,厚嘴唇淡淡的口红,鼓鼓的胸脯,翘翘的屁股。哈,真不明白,这么好的姑娘,干吗非要离婚。就因为怀不上孩子?也不至于嘛,现在的丁克家庭都那么多了。

第二天起了个大早,两人收拾好东西,等维纳斯唐开车来接他们去机场。半个小时后上了飞机,没坐多久,飞机就落地了。史真开玩笑说:"这么快就到了?"维纳斯唐笑笑,说:"是不是在美国坐飞机不太放心?"9·11"以后许多美国人患上了飞机恐惧症。"史真笑,说:"不至于吧。"三个人下了飞机,直奔事先由维纳斯唐预订好的美国酒店。

按照原计划,他们还有近一周的游玩时间,但史真想缩短行程,一是主要的科研考察任务已经完成,二是他不想浪费太多的科研经费。毕竟都是国家的钱,不能白白浪费在游山玩水上。他想在纽约前后停留两天的时间,看看标志性的建筑和风景,给家里人买点纪念品,就从纽约直飞川城。他把这个想法跟王华说了,王华有些失落,但她依然笑着说,一切听老师的安排。

维纳斯唐听说他们只能在纽约住一个晚上,有些奇怪,耸耸肩膀说:"why?这不符合中国人的风格啊,好不容易逮个到美国的机会,还不想办法多玩几天? 史教授,不要太高尚了!"史真知道维纳斯唐在开玩笑,也就不多说,只说了句,这样也少给你添麻烦啊。王华听了这话,脸红起来。她做出一副全神贯注地浏览街景的样子,把脸转向别处。

在维纳斯唐的带领下,史真先后看了联合国大厦、自由女神像、大都会博物馆、时报广场等著名的风物景点,他们还专门去逛了逛美国一家著名的大书店。史真给女儿买了一个苹果相机,给周刊买了一块劳力士。王华给自己买了一条银项链。

第二天,两人启程回国。维纳斯唐把他们送到了机场,上飞机的时候,史真看到他用英文对王华说了几句什么,从王华的神情看,那是一个不想让他听到的秘密。其实史真猜也猜得出来,那无非是一个许诺。

飞机升空的一刹那,史真微笑着说:"我们离开了纽约。"王华点点头:"希望能再来。"史真笑笑:"只要想来一定会有机会。"他愣了一下,又补充一句,"但一定要学好英语。"王华笑,脸色微红。

八　恋爱

飞机降落在川城机场。下了飞机,史真和王华坐上机场班车。这些天出去以后,再回到这个城市,史真感到一种久违的亲切,坐在的士上,看着外面道路两旁熟悉的风景,史真忍不住感叹了一句:"还是国内好啊。"王华笑着说:"可不是嘛。"

到了学校,史真想把带回来的资料放到实验室。资料比较多,王华帮着他一起拎着,向实验室走去。时间差不多到了下午四点,实验室的门紧关着。王华打开门,突然捂住了眼睛,她脸上腾起一片火烧云。史真也被眼前的情形惊呆了,那不是女儿贞子吗?她一丝不挂地坐在实验台上,紧紧地抱着同样赤身裸体的张秦:他们在做爱!午后的阳光穿透实验室白色的窗帘,映照在他俩的裸体上,两人全身心地沉浸在爱河中,根本没有察觉身后站着的两个人,直到史真发出一声低吼,他俩才惊慌失措地分开来。贞子看到史真变形的老脸和张大的嘴巴,吓得一下子瘫软在地上,绝望地摸索地上的衣服。张秦显然也被史真的样子吓住了,他语无伦次地说:"你们……怎么……提前……回来了……"

王华转身走了。

史真身体在哆嗦。他背对着张秦和贞子,嘴巴抖动了半天:

"你们……你们……你们怎么敢胡来！快穿上衣服！"

张秦手忙脚乱地套上裤头背心。

贞子慢慢恢复了平静，她穿好衣服，看着史真的背影，理直气壮地说："爸爸，我们是在谈恋爱，不是乱来！张秦喜欢我，我也喜欢他。"

张秦点点头，说："我们是认真的，史老师。"

史真也稍微冷静一下，他转过身来，说："你们即便是……那也不能这么……快啊……"

愣了一会儿，史真对贞子说："你先回家，我和张秦谈谈！"

贞子看看张秦，慢慢往外走，走到史真跟前，没有底气地说："爸爸，你别生气，别难为张秦哥哥啊。"

史真鼻子里发出一声闷哼。

看贞子走出实验室，史真怒目圆睁，他看到张秦头发凌乱的样子，气不打一处来，他指着张秦的脑袋说："你这个畜生！我不在家，你趁火打劫啊！竟然敢打我女儿的主意，你吃了豹子胆啦！"

张秦摆摆手，说："不是这样，是贞子主动的，我……"

"我什么我？你说说，到底是怎么回事？"史真咄咄逼人。

"你走的第二天，贞子来实验室找我，对我说：'晚上中山堂电影院有韩国电影《周末夫妻》，你陪我去看呗。'我开始不想去，怕被别人看见说闲话。可贞子非要我陪着她去看，说如果我不陪她，师母就不让她一个人去看。我没办法，只好陪她去。那是个小厅电影，我以前看过这个片子，是个爱情片。"说到这里，张秦犹豫起来，像是在考虑说不说下面的话。愣了一会儿，他还是说了出来："说实话,这个片子并不适合贞子看,那片子有些那个镜头,但贞子看得津津有味。回来的路上,她对我做出一些亲昵的动作,你知道,我确实有点儿喜欢贞子……"

"我不知道!我要是知道,早就让你滚蛋了!"史真打断他的话。因为生气,他说了句粗话。

张秦不敢往下说了。

"你继续往下说啊!后来呢?后来你们怎么发展到这一步了?这才几天啊,你们就……就开始那个了……这爱情也太神速了吧!"史真气哼哼地说。

"我们那天坐的双层公交车,因为时间很晚,那差不多是最后一辆了,车厢里几乎没有什么人,整个两层就我们俩。那天晚上贞子很激动,她拉着我的手,问我喜欢不喜欢她,我说喜欢。她就说那你干吗不吻我。我就吻了她。"

"你、你真不要脸!"史真气歪了嘴。

张秦有些委屈,想说那是你女儿主动的,没敢说出口。愣了一会儿,他继续说:"贞子还问我喜欢不喜欢王华,我说不喜欢。她听了我的话很高兴,说王华那个女人离过婚,有什么好!后来,我把她送回家。这几天,她让我到家里给她补过几次外语,还去过一趟人民公园,今天她到实验室来找我,我们一时糊涂,就、就……"

张秦说着呜呜哭起来。他哭着说:"史老师,你不能把我开除啊,我好不容易才跟着你读博士,做研究,你打我骂我都行,让我做牛做马我都愿意,你千万不能开除我啊。实在不行,我给你跪下了!"

张秦扑通一声跪在了史真面前。

史真被张秦这突如其来的下跪弄蒙了,他赶紧扶起张秦,说:"有话好好说,不要这样。如果你们真是认真的,我也就不怪罪你们了。你起来吧。"

张秦起来。

史真说:"我今天太累了,等明天再找你好好谈谈吧。"他说完叹了口气,转身走了。

张秦愣愣地站在原地,半晌不动弹。

回到家,周刊大概已经从贞子那里知道了大概情况。她一脸的无奈和自责。史真说:"你看看咱们的女儿!我就出去了这几天,你就看不了她了!"

周刊低头不语,在那里默默掉眼泪。

"她才大四,刚满二十岁啊,这么小的年纪,竟做出这种事来!而且是和我的博士生!他比她大了七八岁啊!"

周刊哭出了声,说:"你别说了,我心里难受!"

史真叹气,看看贞子的房门紧闭。史真感觉有些反常,怕女儿出什么事,他对周刊说你去看看,她在干什么。

周刊轻轻地敲了两下门,贞子没回应,推门进去了,看到她斜靠在床头睡着了,手里捏着一张彩色的纸条。周刊轻轻地从女儿手里拿过纸条,看了一眼,脸色变得通红。她退出贞子的房间,史真看她脸色不对,说你看到什么了,周刊把纸条递给史真,说你自己看看吧,她在看这个东西。史真疑惑地接过来,一看,原来是一个说明书,仔细一看内容,他傻眼了——

纸条上面写着：

1. 请选用合适规格的产品。

2. 用于非阴道性交时,将增加破裂和滑落的机会。

3. 如需再添加其他润滑剂应使用正确类型,不应使用石油基的润滑剂,如凡士林、婴儿油、浴液、按摩油、黄油及人造黄油等,以避免破坏产品的完整性。

4. 某些局部性用药可能影响本产品的效用,应咨询医生或者药剂师有关与产品接触的可适用药物。

5. 如果你在使用本产品后,因某种理由而担心你或伴侣怀孕时,请迅速咨询医生。

6. 如任何一方有灼伤或不适,应停止使用,并向医生咨询。

7. 目前没有任何一种方式可达到100%的有效避孕及预防性病的感染。

女儿竟然在看这个东西！史真有些气愤,站起来。周刊摁住他:"你干什么？孩子都睡着了！"

史真气哼哼地坐下来:"你看看,你看看,这、这都成何体统了！"周刊叹了口气,说女儿大了,我们应该给她一些自由。史真不爱听这话,说:"自由？什么自由？她还是个孩子！"

周刊站起来:"她都是二十岁的姑娘了,我们就不要再责怪她了,不然会产生更大的矛盾。她现在看这种东西,说明她有自我保护意识,这是好事啊。"史真不说话,歪着头在那里唉声叹气。

"贞子不会怀孕了吧?"史真突然想,"她要是怀孕了,那可就麻烦了！"显然,周刊也被这个想法吓住了。可是,女儿谈恋爱她可以不管,和男朋友同居她也可以接受,这要是怀孕了,传出去可就太丢人了!

"不行,你得问问她!"史真皱着眉头说。

周刊说:"我去问。"

九 考察

史真几乎一夜没合眼,第二天起了个大早,背着手在校园里散步。校园里随处可见三三两两晨练的人,退休的老教授在郁郁葱葱的丛林中闲庭信步,小径上有几个穿红戴绿的老太太在悠闲地打着太极拳。大操场上更是热闹,年轻人在那里大步流星地飞跑,跑得满头大汗。史真没有起早锻炼的习惯,看到校园里如此生机勃勃的情景,窝在心头的怨气不知不觉间就烟消云散了。他也学着那些打太极的老人,伸展伸展胳膊腿儿,活动活动筋骨,转转脖子,扭扭屁股,感觉痛快多了。他兴致勃勃地在操场上快走了几圈,出了一身汗,神清气爽。唉,早知道每天都早起一会儿,来锻炼锻炼,身体好,心情也好。史真暗下决心,从明天起,开始晨练!

他信步走到学校门口,看到卖早点的小摊周围围了一圈人,生意兴隆。看着那热气腾腾的包子刚出锅,史真走上前去说:"给我来半斤。"买完包子,他又要了三碗粥,用塑料袋拎着,乐呵呵地往家走,边走边在心里琢磨:今儿让周刊休息,不用她下厨房做早餐了。虽然生活出了点问题,可日子还不是得过。再说,昨天把贞子这孩子吓得不轻,孩子大了,确实也该有自己的天地了。史真的思想疙瘩彻底解开了,步子也变得轻盈起来。

开门进屋,周刊刚刚起床,正在洗脸刷牙。她看见史真拎着大包小包,顾不上清理嘴上的牙膏沫,一脸惊讶地说:"今天这是怎么了?从来没见你买过早点呢!"史真笑笑说:"起得早,在外边溜达溜达,就顺便买回来了。快去喊贞子起床,这么晚还不起,今天还上不上课了?叫她起来吃包子,牛肉馅的,她最喜欢吃的。"不知道是不是听到了史真的话,贞子突然开了门,脸色戚然地去了洗手间。周刊漱漱口,快速洗了把脸,过来帮史真往碗里分粥,悄声说:"你原谅孩子了?"史真说:"还能怎么办?我打算今天找张秦好好谈谈,如果他们确实是真心相爱,我就成全他们。"周刊看看洗手间,笑笑说:"其实张秦那孩子还不错,虽说比贞子大了不少,但也没什么不好,大了知道疼人。"史真不说话。两人坐在那里等贞子一起吃饭。贞子洗完脸出来,红着眼睛,坐下来。周刊给她夹了一个大包子,说:"你爸爸今天专门到外面给你买的,快吃吧,吃完去上课。"贞子咬了一口,肉馅汁多,溢了出来,她看看史真,说了句:"好吃。"史真笑笑,开始喝粥。

吃完饭,史真去了实验室。门早开了,张秦正在里面拖地。史真在门口踱了几步,迟迟不进实验室。他觉得有点别扭,张秦以前是他的学生和助手,没什么感觉,现在这小子和自己女儿谈了恋爱,他岂不成了自己的女婿了!唉,这事闹得!张秦看见他,红着脸说:"老师早。"史真点点头。刚在办公桌前坐下,何采笑呵呵地从外面进来。史真抬抬屁股,算是打过招呼了。何采是他的学生,用不着太客气。他对何采说:"你今天怎么有空到实验室来了?你和江主任可有些日子没来了!"

何采尴尬地笑笑,说:"听说老师从美国回来了,过来看看。这段日子忙,实验室来得少,有老师你在这里,我和江主任都放心。"

史真笑笑,说:"今天来有事?"

何采点点头说:"有事。这个铊中毒治疗研究的课题是个大项目,上头给咱们批了不少经费,加上学校配套的资金,几百万呢。要我说,赶紧搞出来,这也算是一件利国利民的大事啊。"

史真点头说:"你的想法和我的一样,因为赶这个项目,我把快要成功的瓦斯项目放弃了,这次我们一定要争取早点弄出来。"

"这次美国之行是否有收获?"何采话锋一转。

"有,不少。他们的资料比较全,省去我们前期不少的工作。"史真说。

"是啊,是该多出去看看,取取经啊。这不,江主任也出去了。"

"他也出去了?"史真有些疑惑,"他出去干什么?"他这话的潜台词是江防只是项目名义上的参与者,又不做实际的工作,还用得着出去考察吗?

何采当然明白史真的意思,他什么也没说,只笑笑。

"他去了哪里?"

"四川九寨沟。"

"我一猜就知道是这种地方。"

"他说是去参加教育部在那里举办的一个全国重点实验室会议。"

"那你怎么没去?"

"我?我不去,说是去开会,其实还不是去游山玩水!我才不去呢。"

史真知道一点何采和江防的事儿,他俩表面上看关系很融洽,整天在一起吃吃喝喝的,其实是貌合神离。也不知道是怎么回事,现在高校大小领导班子差不多都有这方面的问题,正副职之间老有些矛盾。史真猜何采和江防暗里的不和,可能是因为升职的事儿,何采在副主任位置上干了五六年了,按说也该扶正了。这正职的位置被江防占着,他没机会啊。虽说江防眼看就要熬到头了,再有个三五年就该二线了,何采也快修成正果了。这三五年也挺熬人啊,何采怕是等不及了。他今年四十岁刚出头,现在讲要提拔年轻干部,如果四十五岁之前他还熬不到正处,那他五十岁就别想熬到副厅了。他不甘心呢!想搏一搏也是正常心理,在官场上混,谁不想往上爬啊。大学的官场再怎么说也是官场,学府衙门嘛,得一级一级往上跳。何采和江防差着一级,不掌握签字权,经费都归江防支配,一支笔值钱啊。

"江主任去了多久了?"史真问何采。

"你走的第二天他就走了,现在还没回来。"何采叹了口气,"他还带了个人。"

"谁?"

"就是九仙山庄那个服务员——徐蓝。"

"她?"史真瞪大眼睛,"他怎么能带她去?"

"嗨,我也没想到啊。但江主任确实带着她去了,我问过九仙山庄的经理了,徐蓝请了假,说是回老家,还不是找个借口?"

"这个江防……"史真话没说完,咽了回去。

何采干咳了几声,站起来,拍拍史真的肩膀说:"我走了,不耽误你做实验了。"

史真点点头,把何采送到门口,折回来,站在窗前发了会儿呆。看来,何采告诉他这些,肚子里是有些怨气的。他是没办法,谁让人家是实验室主任呢?堂堂正处级干部,独揽签字权啊,手底下有上百万的项目经费呢。作为申报课题项目的专家,史真最清楚这些经费的使用情况。一般的课题,尤其是理工科课题,课题经费都是用不完的,课题预算和上报批准的费用之间至少有一半的差额。也就是说,一个项目搞下来,至少有一半的经费是可以"自由"支出的。当然,这里的"自由"也不是说拉开架子不受任何限制地花钱,既然是项目经费,你花的钱总得要和项目有点关系。但现在搞课题牵扯面很广,有些支出项目是非常含糊的,比如考察费,你到实验室去参观是考察,你到九寨沟去也不能说就不是考察啊。关键是你要找个理由,要开合适的票据。这年头,即使是游山玩水,只要能开合适的发票,就能报销,你绕地球飞几圈,都没有人管,除非有人举报。

江防有乱花项目经费的习惯史真早就有所了解,他经手申报的课题大多是以实验室集体名义的,因为集体项目批得比较容易,符合国家和学校所提倡的集体攻关合作的精神。集体项目经费支出一般都是实验室主任签字,其实按常理,史真完全可以以个人的名义打头报课题项目,但他考虑到要带博士研究生,考虑到学校的名誉,重大项目都是让实验室领导也就是江防担任课题组长,这也就意味着他主动把经费支配权力让给了江防。好在江防心中有数,凡是史真要花钱要报销票据,他从来都是一路绿灯放行。对于这一点,史真是满意的。作为一个大学教授,史真每月的工资岗贴收入在两万元以上,加上年底奖金,年薪三十万不成问题,钱足够花。所以,他也就不在乎什么签字权了。只要江防允许他在实验项目上随心所欲地花钱,他就很满足了。至于何采心里不平衡,那是他自己的问题,史真可不愿意卷入正副手之间的小九九里面去。

实验室后窗是一片小花园,那里有几个小石凳子,一到下午放学或者周末时间,那里时常坐满了一对对情侣,做耳鬓厮磨窃窃私语状。这情形史真一开始看不顺眼,后来见得多了也就慢慢习惯了,年轻人嘛,学习之余谈谈恋爱也是正常的。此时,在史真的眼皮子底下,一对男女正在那里极其热烈地激吻,这些小年轻,不在教室里好好上课,大白天跑出来亲热,太不像话了。如今的大学生胆子也真大,逃课都成了家常便饭了。史真好多年不给本科生上课了,以前他给大学生上药用植物学,每节课都点名,学生们都不敢缺课。听说现在的教授们也反思过来了,不管点名不点名,学生爱听不听,我讲我的,你来五十个人我讲,来一个人我也讲,下课铃一响,夹着包拿着茶杯走人。现在的学风,真是应了那句俗语了:人心不古,学风日下啊。

其实研究生也好不了哪里去,就连自己的博士生都敢和导师的女儿在实验室做爱,这还不是很严重的问题?史真一想起这事来就脸红。他看看张秦,正低着头坐在实验桌前写着数据。王华今天不知道怎么回事,一直到现在都没露面。史真想趁这个时间和未来的女婿好好谈谈,这小子,得教导教导他。

史真说:"张秦,你过来。"

张秦似乎早有心理准备,不紧不慢地走过来。史真指指对面的沙发,让张秦坐下。他单刀直入:"我可以接受你和贞子恋爱这个事实,但你一定要保证,不能伤害她,她这么小,还在读书,感情上经不起折腾。"

张秦红着脸点点头。

"你也要保证不能耽误她的学业,她将来要考研,要出国,你一定要鼓励她,不能因为谈恋爱误了她的前程!"

张秦点头说:"我保证。"

史真愣了一会儿,突然笑了一下:"你小子还真有胆量,竟然敢和我女儿谈恋爱!"

张秦听出史真是在和自己开玩笑,也大着胆子说了句:"没办法,都是爱情惹的祸。"

史真笑着说:"你真喜欢贞子?你不要认为她比你小那么多,就会听你的话,她可是个倔丫头!"

"我了解她的性格,觉得她挺好,我会用心爱护她的,请老师放心。"张秦开始表态。

"行了,别跟我说这些,这些话你去和贞子说吧。"史真挥挥手,"现在咱们开始干活!"

十　怀孕

上午十点钟,王华才匆匆忙忙地来到实验室。她脸色苍白,头发有些凌乱,神态和平日不太一样。她一头扎进来,对史真说:"对不起,今天身体不太舒服,来晚了。"史真看看她,说身体不舒服就去医院,不用急着来上班。王华勉强笑笑,说已经去过医院了,现在已经没事了。王华今天穿了一个藏青色花裙子,身体显出一些曲线来。史真看了两眼,继续低头做实验了。他心里说,这天不冷不热的,倒是适合穿裙子!这个王华,以前不太注重打扮,现在穿着也知道讲究了。

不知不觉到了下班时间,史真看看王华,发现她今天工作不在状态。从到实验室开始,快两个小时了,她还在那里发呆,手里的实验数据一点儿都没有进展。他想问问她是怎么回事,当着张秦的面不好多问,只好对他们两个说,下班了,快去吃饭吧。史真带着满腹疑问往家走。

王华肯定是哪里出问题了,史真想。王华跟自己出了一趟国,遇到了维纳斯唐,发生了一场艳遇,一回来就不在状态了。这样下去可不行,即便是想出国那也得等博士毕业啊。想想自己这两个研究生,还真有点意思。一个胆大包天和导师女儿谈恋爱,一个恣意妄为和老外搞一夜情。新世纪的高级知识分子啊,到底怎么了?

迎面走来一群群年轻的大学生，一张张年轻的脸在眼前闪耀。年轻好啊，年轻人犯错误，上帝都会原谅。史真想想自己年轻的时候，吃糠咽菜不说，哪有安心读书的环境？中学毕业，上山下乡接受贫下中农改造，美其名曰：农村天地广阔大有可为。大有可为了不到一年，知青闹情绪哭着喊着要回城，他跟着知青返城的大潮，终于又回到了小县城。幸亏邓小平英明伟大，一声号令，恢复了全国高考，让他赶上了恢复高考后的第一班车，顺利地考入了一所省属大学。史真进入梦寐以求的大学，如饥似渴地在书海里徜徉，大学四年时光转瞬即逝。由于成绩优异，表现突出，业务过硬，留校任教。伴随着改革开放的步伐，教书育人得到重视，一茬茬学生教过，一篇篇论文发表，一个个项目成功，他的职称越来越高，生活也越来越好。那所省属高校渐渐容纳不下他这个业务好的"和尚"了，大家都说他是方丈的命，果不其然，他没费任何力气就调到了现在这所部属院校。既方便了女儿读大学，又扩展了自我发展平台。这一路走下来，飘飘洒洒，也无风雨也无晴，安安稳稳的日子就这样过到了今天。

今天是什么日子？史真想了想，既不是他和周刊以及贞子的生日，也不是结婚纪念日，更不是什么节日。那就找不到庆祝的理由了。史真想找个理由庆祝一下，日子太平淡了，就得想办法弄出点波澜。但具体要庆祝什么，他也说不上来。庆祝女儿谈恋爱？倒也不是不可以。那就以这个理由庆祝一下，把张秦叫到家里来，算是正式接纳他为这个家庭的成员。想到这里，他精神亢奋，兴冲冲地进了家门。

周刊已经做好了午饭,简单地炒了两个素菜:辣椒鸡蛋和醋熘菜花。史真坐在餐桌前,笑着对忙着盛米饭的周刊说:"今儿个改吃素斋了。"

周刊说:"贫什么嘴!贞子中午不回来吃了,咱俩凑合着吃点就行了。"

史真一愣,说:"贞子到哪里去了?"

"她告诉我是去和同学一起聚餐,还有大半年就毕业了,她们四年同学情深。"周刊说。

"什么同学情深?说不定是和张秦一起去吃饭了!"史真有些愤愤不平。

周刊一愣,说:"这倒也有可能哈。这样下去可不行,要耽误考研的,得想想办法。"

"想什么办法?"史真扒拉一口米饭说,"今天米饭有点硬,水放少了。"

"鸡蛋里挑骨头!这米饭挺好的。"周刊反驳史真,愣了一下,又说,"那就让他俩到家里来吃吧,不知你能不能接受?"

"我早想好了,今天晚上就好好庆祝一下,把张秦叫来,今天举行个仪式,正式接纳他为咱们家成员!"

周刊用奇怪的眼神看了史真一眼说:"你没事吧,说话怎么跟孩子似的,没边没沿,什么仪式不仪式的。"

"你呀,没幽默感,啧啧。"史真吃得差不多了,咂摸着嘴唇,"我的意思是说,晚上多做几个菜,我们四个人聚聚餐,热闹热闹。"

周刊点头:"这么说,你接受贞子选择张秦了?"

"还能怎么样？生米煮成熟饭，不接受也不行啊。现在的年轻人，真是厉害啊，观念更新得不得了。"史真起身说，"出去走走，早上看人家搞锻炼，我也想试试，老了，也该锻炼了。你去不去?"

周刊摇摇头说:"我不去，今天卫视重播《大长今》，我得看看。"

史真边往外走边嘀咕:"那电视剧长得像裹脚布一样，也不知有啥看头。"

江防从四川回来了，神采奕奕，看样子在九寨沟玩得很开心。他到实验室来找史真，手里拎着一个黑塑料袋。史真看着奇怪，江防嘿嘿笑说:"这是给你带的四川土特产，这是我专门在九寨沟藏胞那里买的，这东西最补身子啦。"史真打开塑料袋:"这是什么东西？这么长，还这么细。"江防看看正在旁边忙碌的张秦和王华，低声说:"是好东西，回家泡酒泡茶都行，我花了大价钱才买到手的，咱俩一人一个。"史真看江防神神秘秘的样子，拿起那个长家伙仔细看了看，又拿到鼻子底下嗅了嗅，有一些淡淡的腥臊味。他看出来了，这是动物身上的那个东西。他摇摇头，把塑料袋推给江防说:"这东西你自个儿留着用吧，我用不着!"江防笑笑:"我还有一个呢，这东西很管用，我试过了，真是大补啊，很适合我这个年纪。当然，你比我年轻，可能还不需要，你留着吧，有用得着的时候。"他笑眯眯地看着史真。史真不好再推托，看看全神贯注的两个助手，悄悄把塑料袋锁进办公桌抽屉里了。江防看史真小心谨慎的样子，哈哈笑，摸着脑袋回自己办公室了。主任办公室在楼上，一个宽敞的单间。当初装修的时候，江防特意关照学校后勤的人，把办公室隔成两个小间，外面的一间是办公室，里面的是休息室。史真弄不明白,江防家就在校内,很近,有什么必要在办公室休息,看来领导和群众就是不一样,一定要搞点特殊。

江防一直对史真很照顾,每次出去开会,多多少少要给他带点东西。史真当然也知道他花的全是公家的钱,是他申请下来的项目经费,可江防每次都做得这样细致入微,确实体现出对他的尊重。反过来讲,他就是不给你带东西你又能怎么着?他还不是照花项目经费?唉,人怕敬,尤其是史真这样的知识分子,别人敬他一尺,他能敬别人一丈。也许这也是他在申请项目时,心甘情愿把主持者让给实验室领导的直接原因吧。和谐社会嘛,大家好,才是真的好。史真曾跟自己的两个助手开玩笑说:"我就是那黄盖,领导们是那周瑜,一个愿打一个愿挨啊。"张秦和王华知道导师在说笑,都不作声,偷偷咧咧嘴。

王华今天又来晚了。从美国回来一个多月了,她还没进入工作状态。史真很奇怪,她一定是有什么事,史真想让张秦悄悄地从侧面问问她。现在张秦和史真的关系已经大大拉近了,作为史真的未来女婿,两人无话不谈。张秦从史真这里领了任务,便时时找机会接近王华。

这天中午,史真提前走了,张秦和王华做实验结束得晚,看看时间,食堂肯定没饭了。张秦说:"走,我们到学校门口小吃店吃饺子去,今天我请姐姐吃饭。"张秦自从和贞子谈恋爱,就管王华叫姐姐了,不知道是不是考虑到那天王华看到了他和贞子在实验室做爱,他这样姐姐长姐姐短地叫,把自己和王华之间的关系搞得更熟络了。

王华就喜欢吃韭菜馅的水饺,张秦知道她这个喜好,殷勤献得恰到好处。已经过了吃饭的点儿,饭馆里的人很少,两个人找了个好位置,每人点了三两水饺,坐在那里等饺子下锅。张秦急着完成史真交给自己的任务,装出一副无心的样子问:"看姐姐这段时间心事重重,不知道有什么事儿,需不需要小弟帮忙啊?"

王华看看他,笑了一下说:"没什么事,我很好,不用担心。"

看得出来,她很警惕。

张秦不罢休:"看你老迟到,是不是身体不舒服?"

王华愣了一下:"你眼睛倒是挺毒!"

张秦笑笑:"我猜的,我看你从国外回来就有些不对劲,是不是把魂儿丢在洛杉矶了?"

张秦跟她开玩笑。

王华也笑,说:"是把魂儿丢了!美国太好了,我的魂儿一去就不想回来了。"她愣了一下,语气变得幽怨,"也许我不该跟史老师去,你去就好了,肯定比我有收获!"

"哪能?你科研能力比我强,应该你去。"张秦装作突然想起来的样子说,"对了,你们怎么提前回来了?"

王华看看张秦,笑笑说:"我们不提前回来能发现你的好事?"

一句话说得张秦脸色如火烧云一般。

王华怕伤了张秦的自尊心,笑了一下,想把话题岔开,说:"你现在好了,成了史老师的女婿了,不用担心毕业了,我可惨了。"

张秦说:"不会的,史老师不是说了吗?搞完这个铊中毒治疗研究,我们就可以着手写博士论文了,他说肯定能通过论文答辩,不必担心。"

"说是这样说,我的情况你不知道。我把你当弟弟,不想瞒你,实话告诉你,我想出国,到美国去。"

"哈,你真是把魂儿丢在洛杉矶了!"张秦兴奋起来。

"是啊,不光魂儿丢在那里了,身体也丢了!"王华说。

"什么意思?你……"张秦不明白。

"呵呵,史老师可能还没告诉你。我估计以你们这样的关系,你早晚会知道。我也就不瞒你了,我在美国认识了一个教授,他对我有意思,我就以身相许了呗。"

张秦张大嘴巴:"有这么浪漫的事?"

"不相信?姐姐可不骗你。糟糕的是,我发现自己怀孕了!你说奇怪不奇怪,以前怎么怀也怀不上,在国外一次就怀上了,还是个外国种!"

王华苦笑,样子比哭还难看。

张秦愣住了。怪不得王华这些日子精神一直恍惚,原来她怀孕了!可她早已经离婚了,现在突然怀孕,还不让人嚼烂舌头?

"那你打算怎么办?"张秦关心地问。

"还能怎么办?过几天做掉。你别跟史老师说啊,我是相信你这个弟弟才告诉你这些的,别让我对你失望。"王华叮嘱他。

张秦点点头,说:"我不会告诉他的,我会找别的理由搪塞一下。"

王华垂下眼帘:"说实话,这是我第一次怀上孩子,还真有点舍不得把孩子拿下来,也不知道以后还能不能怀上。唉。"

张秦知道王华话里的意思,刚想安慰她几句,这时,服务员端上来两大盘子水饺,王华拿起筷子说:"不说了,来,赶快吃水饺吧,今天算把我饿坏了!赶紧吃吧!"

这话张秦听着有些心酸,他看着王华狼吞虎咽的样子,笑笑说:"吃水饺,多吃点。"

张秦边吃边想:王华这几年可真是够惨的,除了考上博士这件事还算顺利以外,她遭遇的差不多都是霉运。她的丈夫吴何和她在一个单位教书,是个有上进心的书呆子,只知道上课下课,钻研业务,其他的一切他都不关心。当初热心的女工会主席把他介绍给王华的时候,王华觉得这人长得还算周正,听说还是个业务骨干,打着灯笼也难找第二个,就见了几次面,处了不到一年,就办了个热热闹闹的婚礼。

吴何确实很老实,结婚之前,连她的手都没敢主动碰过,更别说主动接吻拥抱了。结婚那天晚上,还是王华主动,把他撩拨得不行,他才很"知识分子"地爬上了她的身体,斯斯文文地在属于他的这块丰腴的土地上精耕细作。结婚以后,王华这块土地倒也没怎么荒芜,吴何那方面虽然说不上旺盛,但也勉强能喂饱王华的"胃口"。两人从来没采取过什么避孕措施,吴何连避孕套分不分厚薄和型号都不清楚。结婚三年,王华肚子不见什么动静。有好事的人,装出很关心他们的样子,旁敲侧击地询问。王华很是着急,到底是自己这块地太贫瘠,还是吴何种子有问题?她想带着吴何到医院去检查检查,但吴何对此满不在乎,说什么也不愿意去医院,说不要小孩更好,说完就埋头钻研他的业务去了,钻研了一年,钻研成了北京一所名牌大学的博士生。王华过了三年独守空房的生活,天天盼日日盼,盼来了吴何进站读博士后。王华实在是忍无可忍,提出离婚。本来是想威胁威胁,没想到吴何很干脆地说,离就离吧。结果两个人就离了。

生活上不如意,事业上也不顺心。王华在本市另一所理工大学实验室做助理实验员,工作比较清闲,她也没太上心。她想,女人嘛,还是活得感性一些好,干吗非要像那些事业型男人一样风风火火闯九州?女人就是要好好过日子,把日子过滋润了,过踏实了,就是幸福。可王华的这些想法,在丈夫吴何那里受了打击,也在实验室领导那里受到了责怪。领导是个老头儿,干过革命的老干部,一身正气。那天领导找她谈话说,小王啊,你可不能自暴自弃啊。王华一听这话愣住了,我什么时候自暴自弃了?她不明白。但老领导自以为明白啊,他苦口婆心、谆谆教导王华,不要因为生活不如意就影响到工作,一定要全副身心投入工作中,做革命的一颗螺丝钉,做革命的一块砖一块瓦,听毛主席的教导,为人民服务,好好工作,做贡献!老领导没边没沿的话王华听得烦了,实在是忍无可忍,便发愤图强,考上了史真的博士研究生。考上了博士生就意味着,她王华,成为高层次人才,学校不能不给予她优厚的待遇。更重要的是,她从此以后就可以离开那个乌烟瘴气的实验室了。

十二 故障

进入深秋,天气越来越凉。走在校园中,感到一片萧条。大家都缩着脖子,在风中瑟瑟地走着。刚刚落了一场小雨,增加了一层寒气。史真从家里出来,像一只钻出洞穴的小动物,抬头看看天,嗅嗅鼻子,感觉一下寒冷的空气,然后小心翼翼地迈开步子,向实验室走去。最近,铊中毒治疗实验取得了一些进展,他想趁热打铁。

铊中毒治疗研究是一个综合性实验课题,牵扯到化学、医药、生物等许多学科。以史真的学术背景,这个课题有些勉为其难。他的长项是在化学和煤矿安全研究上,好在他有前期的铊化合物研究的基础,又充分借鉴了国外领先的研究成果,课题进展得还算顺利。虽然实验不断地向前推进,但史真还是不满意目前的速度,史真一想到医院里那几个尚未治愈的学生,就很着急,为了不让铊中毒在他们身上留下后遗症,他必须加快实验进度。

就在这个节骨眼上,实验室里储存的铊化合物原料没有了,需要重新购置。此外,一台关键的实验设备突然出现了故障,史真和驻国内的厂家维修人员联系了一下,他们说设备老化了,要修也得返厂大修,建议购置一台新设备。史真想想还真是,这台设备在他进实验室之前,就购置了,算来也很有些年头了,也该换换了。趁着这个项目经费充足,不如干脆买一台新的。当年,学校为了买这样一台进口设备,反复研究,下了很大决心。一是价格太过昂贵;二是这个设备太娇贵,需要在恒温状态下使用。现在要更换设备,钱应该不成问题,史真觉得跟江防打个招呼就可以了。

江防这几天不知道在忙啥,人总不在办公室。史真去找了他好几趟,每次都扑空。没办法,打电话到他家里,他老婆金玉说:"老江这些日子早出晚归,听说是在忙什么项目,他不在办公室?"史真一听明白了,金玉也不知道江防在忙啥。他说:"准没什么好事,这个老江,越老越风流!"史真不罢休,拨江防的手机,居然通了,听了一会儿《心太软》,终于传来江防喂喂声。老史说:"是我,老史,你在哪儿呢?神龙见首不见尾的。"

江防嘿嘿笑说:"你别管我在哪,你快说什么事儿吧。"

"那我长话短说吧,"史真咳嗽了一声说,"我们的铊化合物原料不多了,需要重新买一点。"

"那就买吧,这个又花不了几个钱,况且是实验需要。"江防说。

"还有就是,一台关键的实验设备老化了,需要大修,厂家建议换台新的,我倾向于买一台,反正我们有经费。"史真说。

"这……嗯……"江防沉吟了半天说,"这个设备需要不少钱吧,你知道当初买的时候学校专门拨了一笔经费,是个不小的数目,我们还是大修一下吧,花那个钱干吗?"

史真愣了一下,坚持说:"还是买一台吧,这是关键设备,对课题研究很重要。哪一个项目都少不了它。"

"嗯……这样吧,我下午过去看看再说。"江防挂了电话。

史真举着电话愣了半天,以前江防还从没这样拒绝过他,只要是史真提出用钱,江防从来不含糊。这一次是怎么回事儿?难道是因为钱花得太多?可这个项目的经费好几百万呢,花个几十万,也算不上什么大事啊。妈的,早知道江防这么婆婆妈妈,还不如自个儿申请自己搞,这样畏首畏尾的,何时才能搞出个结果来?

史真看着窗外,又开始下雨了。雨点密密麻麻地落在玻璃上,汇成一条条水线,顺着窗玻璃,蚯蚓一般向下蠕动着。这雨,下得烦人!史真的抱怨被站在旁边的王华和张秦听到了,两个人互相看看,笑了一下。

实验室的门被推开了,贞子探头进来,被史真呵斥住,说:"小心你的鞋,别弄脏了地毯!"

贞子吐吐舌头说:"爸爸,我妈让我来给你送雨伞。"

史真走过去,接过雨伞,一看是两把,笑笑说:"赶快回去看书吧,这把我转交给张秦。"

贞子笑笑:"那我走了。"她探头看看里边,张秦也在偷偷看她,两人相视而笑,贞子摆摆手,走了。

史真把雨伞放在门后,对张秦说:"等会儿走的时候别忘了拿。"他把脸转向王华说:"王华带没带伞?没带的话,打我的伞走,反正我离得近。"

王华抬起头来,抹了一下前额的一绺头发说:"不用了,史老师,这雨下得又不大。"

"看着不大,淋在身上也不得了。天冷,容易受凉感冒。你还是打我的伞吧。"史真说着坐下来,拿起实验台上的瓶瓶罐罐,仔细观察起来。

王华看看窗外,贞子的身影一闪而过。她悄悄问张秦:"研究生入学考试报名了,贞子准备得怎么样?"

"差不多吧,她很有把握。"张秦若有所思。

"真要考到国外去啊?"

"她自己倒不在乎国内国外,可……"张秦看看埋头工作的史真。

王华吐吐舌头,笑笑:"看样子,贞子真是要到美国去读研究生了,史老师下决心的事,一向要坚持到底的。贞子基础好,又这么努力,希望很大。"

"她托福考过了吗?"王华问。

"考过了。高分通过。她特别聪明。"张秦说。

王华笑笑,竖起大拇指。

史真咳嗽了两声,两人停止了低语,埋头干活。

下午一上班,史真刚到实验室,江防就敲门进来。他打着一把粉红色的女用阳伞,那伞和他魁梧的身材极不相称,看样子也遮挡不了多少雨,已经淋湿了半个身子。史真一看江防的样子,就乐了:"怎么了?江主任,你这是从哪里来的啊?"

江防笑笑:"在外边应酬,随便摸了把伞就来了,想不到这雨看上去不起眼,竟能把裤子淋湿。"

史真看看外面,雨还是不紧不慢地下着,秋天的雨总是这样,哩哩啦啦的。

江防问史真:"你说的那台设备在哪里?我看看。"

史真把他带到里面的实验室,指指旁边的一台黑色、钢琴般大小的设备说:"喏,就是这台,每次实验都离不开它。"

"这个东西看上去怎么像一台钢琴?"江防左瞅瞅右看看。

"它可比钢琴值钱多了!"史真笑着说,"这个家伙可是个紧缺货,以前都是在国外购买,这两年国内才出现。"

江防说:"修修还能用吗?如果能用就修一修,毕竟是外国货,质量肯定比现在国内生产的好。再说,我们的实验经费也紧张,没有多少余粮啊,能省还得省省啊。"

这话史真不爱听,明明有那么多的经费偏说紧张。如果江防这话是真的,这里面肯定有猫腻!他犹豫了一下说:"这个机器用了几十年了,是实验室最老的设备,也是使用最多的设备,该换换了,长远考虑,还是买一台新的好。"

江防不说话。

王华和张秦从外面进来,看见江防,恭恭敬敬地打招呼:"江主任好。"

江防点点头,转脸对史真说了句:"我再考虑考虑。"他说完就走了。

史真也没送他,黑着脸坐回到办公桌前,骂了句:"经费紧张,狗屎啊!老子申请来的钱,老子还不知道!"

史真很少因为花钱生气,江防也很少这样拒绝他。史真很明白江防刚才话里的意思,再考虑考虑,就是不考虑,就是不同意买。妈的,如果真是这样,这重点实验室还能有什么前途!

史真把不高兴挂在脸上,王华和张秦大气也不敢出,默默地在那里做实验。史真突然站起来,要去找吴关校长。他往外走两步,又折回来,何采从外面进来,也沉着脸。他看看里屋埋头工作的王华和张秦,起身把里屋的门关严实了,一屁股坐在沙发上,唉声叹气了半天,说了句:"真想不到老江是这样的人!"

史真说:"你已经知道了?"

何采说:"早知道了。"

"你怎么看?"史真在何采对面坐下来。

"这是典型的腐败行为!他胆子也太大了!"何采有点激动。

"你说得也太严重了吧?"史真说,"他不同意进设备,跟腐败有什么关系?"

"你说什么?进什么设备?"何采不明白。

史真这才意识到两人说的不是一回事,他把实验室想更换一台设备,江防不答应的事,简单给何采说了一遍。

何采听完一笑:"他当然不会答应了!他把钱都花在腐败上面了!"

史真大吃一惊:"什么腐败?"

"他把科研资金都花掉了!花在了女人身上。"

"谁?"

"徐蓝。他在霖雨山庄给她买了一套别墅。"

"有这样的事情?"

"千真万确。"

"这、这太不像话了!他怎么能把实验经费花在买别墅上?他怎么敢?那我们这项目还怎么搞?"

"报掉,追加经费。"江防肯定会这么做。

"报掉?这么重大的项目报掉?开什么国际玩笑!国家投入的几百万块钱就这样打水漂了?况且还有那几个受害的孩子呢!他们的命运可都掌握在这个实验项目上了。"史真愤怒起来。

"你别朝我发火啊,你有火,朝江主任撒去,我可没有说,要把实验废掉重来。"何采做出委屈状。

史真冷静下来:"你有证据证明江防搞腐败吗?"

"没有。他不会在账目上留下任何痕迹,再说,只要把实验结果汇报成失败了,需要追加经费重新来,上边就会再拨款过来,根本不会有谁来认真查问的。"何采说。

"那我们就没有一点办法了吗?"史真问,"这可是关系到学生的生命健康啊,别的项目可以报掉,但这个项目,可不敢耽误啊。"

"那你尽快搞出来喽,没有足够的经费,你能够搞出来吗?没有必要的实验设备,你能搞出来吗?"

史真摇摇头。

"那不结了,只有报掉。"何采说,"不过,这只是我的估计,也许江防会另有高招,也说不定,等着看吧。"

史真点头:"但愿他没把钱花光,让我把这个项目搞成功!"

何采站起来,拍拍屁股说:"我们今天说的话是一阵风,只在这儿管用,出去就不承认了。"

史真笑笑说:"放心,我心里有数。"

送走何采,史真呆愣愣地站在窗前,看着窗外不紧不慢的秋雨,思绪飘散,真是秋风秋雨愁煞人啊。

十二 自杀

毕业班组织出去旅游,去山东爬泰山,看日出。贞子一门心思地想去,她对史真和周刊说,班里同学几乎都去,这是我们班毕业前最后一次集体活动,以后想参加也没有机会了。周刊没有不让贞子出去玩的意思,只是史真有些不放心,说这个时候正是准备考研的关键,最好不要耽误了。

贞子当然不愿意,坚持要去,向史真保证说:"不会耽误学习的,来回就两天,我回来把时间补过来,还不行吗?"

史真还是很犹豫。贞子脑筋转得快,她灵机一动,说:"爸爸,如果是不放心,那你就给张秦哥哥放两天假,让他陪我去!"

在一边看《大长今》的周刊嘀咕了一句:"这样也好啊。"

史真哼了一声说:"我倒是可以给张秦放假,但他不能陪你去啊,集体活动,好意思带男朋友?那样的话,其他同学怎么看你?"

贞子见史真松了口,很兴奋:"其他同学也有带的,只要自己负责费用就可以了。我们毕业班的女生,差不多都有男朋友了!"

"都有了?……"史真不敢相信,这时代变化也太快了吧!以前他带本科生的课程时,好像谈恋爱的学生是极少数,即便是谈,也是遮遮掩掩,藏着掖着,盖着捂着的,哪像现在的大学生,生怕别人不知道自己谈恋爱,公然成双成对出入于各种场合,明目张胆地同居不说,还时不时听说,因恋爱产生仇恨,要寻死觅活的事情。

"爸,你到底同意不同意?要是同意张秦陪我去,我就马上给他打电话,明天一早我们就出发。"贞子催促正在犹豫不决的史真。

史真叹了口气说:"你们出去玩玩也好,但一定得注意安全。而且你要保证,不要和张秦在同学面前表现得过于亲热,要注意教师子女的形象。"

贞子高呼一声:"爸爸万岁!"跳起来就给张秦打手机。看她欢天喜地、得意忘形的样子,周刊和史真都笑了。过了一会儿,周刊说了句:"年轻真好。"史真看看周刊,笑笑。周刊转过脸说:"看什么?我说的是电视剧!看小姑娘一个个多漂亮。"

"你也漂亮过,而且至今还漂亮着。"史真非常少有的来了一点幽默。

女人都喜欢听男人的好话,周刊乐得呵呵笑。

第二天,贞子起了个大早,在家里等张秦来帮她拿行李箱。周刊在厨房里准备早餐。史真出去锻炼了,他已经养成了晨练的习惯,每天雷打不动,按时出去跑步。今天因为贞子要出去,史真回来得早,看见贞子收拾了一大包行李,说:"你这是准备去多少天呢?准备这么一大包东西。"

贞子看看史真说:"听说泰山早上特冷,我带了一件冬天衣服。还有给张秦准备的东西,这已经是删减过的,够少的了。"

周刊把早餐端上桌子,说:"女孩子出门就是事情多。"

史真笑笑:"是我少见多怪。来,吃饭吃饭。"

张秦进来,看见丰盛的早餐,他也不客气,坐下来就吃。他边吃边说:"有点饿了,今天起得太早了。"

贞子给他剥了一个茶叶鸡蛋,说:"你也没带什么东西吗?"

张秦说:"不是明天就回来吗?还要带什么东西?我就带了一个牙刷。"

"你看看,男同志就是不一样。"史真为刚才自己的少见多怪辩护。

"那是因为男人懒!"贞子说。

吃完饭,史真想把贞子和张秦送上车。贞子不让,说:"你去上班吧,我们俩能行。"史真也不坚持,有张秦在,他倒也放心。他去了实验室。

时间还早,许多人刚刚结束晨练,慢悠悠地往家走。三三两两的学子结伴去食堂吃饭。路旁的石凳子上,稀稀拉拉坐着晨读的学生,一切看上去那么安静。校园广播响起来了,在转播中央广播电台的《新闻播报》。史真极少关注时事,在家里,偶尔看一回中央电视台的新闻联播。他比较喜欢的栏目是《焦点访谈》,觉得这个节目还像那么回事,不大讲冠冕堂皇的套话、假话,真正做到了舆论监督。

史真走在路上,侧起耳朵听广播。广播说,最近陈水扁又在闹事,怂恿几个非洲小国家提交台湾加入联合国的提案。这个陈水扁,真是不像话,老在那里搞"台独",明明是不得人心的事,他还在那里上蹿下跳,真是一个跳梁小丑!史真这样想着,又听到广播说,中国GDP在平稳中增长,中国要全面建设小康社会,要搞新农村建设,一幅宏伟的建设蓝图将展现在全国人民面前。广播又播发了一条新华社消息,说,某省副省长因腐败被"双规",已经初步查明贪污各类款项一亿元人民币。史真感叹现在落马的各级各类腐败分子那么多,蚂蚁一样密密麻麻、层出不穷,连高校都避免不了。前不久,他还听说,本省某高校的校长因为盖楼吃回扣,被逮捕判刑的事。

史真来到实验室,看看二楼江防的办公室,窗帘依旧拉得严严实实。他叹息一声,如果何采说的那些事儿都是真的,江防大概离下马也不太远了。

王华没来。史真发现她这段时间情绪一直不太稳定,让张秦去打听,到现在也没给他回话。他打开窗户,透透气。实验室里面弥漫着一种苏打水的味道,这味道有点儿像医院。办公桌上落了一层灰尘,史真洗了抹布,擦拭了一下。看到玻璃板下压着的几张照片,那是在美国期间拍的,维纳斯唐不远千里地寄过来。他把信寄给了王华,王华把照片转交给了史真。看着照片上三个人的合影,维纳斯唐灿烂的笑容,王华那暧昧的眼神,史真叹了口气,这人啊,就想不惜一切代价往高处爬,也不计较万一摔下来怎么办。也难怪,中国千年古训,水往低处流,人往高处走。大家都是这样过来的。

上班快一个小时了,王华推门进来,和史真打了招呼,去里屋收拾实验台了。自从美国回来,史真和王华的关系就不大像以前那样融洽了。以前在一起是很自然的感觉,现在总感觉哪里不太对劲儿。也许是各自守着一个秘密,心里有了隔膜,自然会反映在行为上。

张秦不来上班,王华一个人在里间工作,史真有些不太习惯,他尽量不去里间,在外面翻看资料。他想再给江防打个电话,催促一下进铊化合物原料和新设备的事儿。他拿起电话,拨江防的手机,那边传来"您拨打的电话已关机"的提示声。史真没办法,只好作罢。王华从里间出来,急匆匆地往厕所走。史真装作没看见,把头埋在资料堆里。几分钟后,王华进来,在史真面前站定说:"史老师,张秦今天怎么没来?"史真抬起头说:"他今天请假出去了。"王华说了一声哦,去了里间,王华的样子有些失落。史真发现王华身上穿的那件白色工作服,越来越合身,往常她穿那件白大褂,显得空荡荡的,她现在好像比以前显得更加丰满了。

从实验室的窗玻璃可以清楚地看到外面,下课的学生们在草地上追逐、交谈,因为实验室的特殊要求,这栋楼封闭得特别好。外面的喧嚣和里面的安静形成了强烈的反差。王华在里间兀自摆弄着瓶瓶罐罐,心里老静不下来。昨天她去了一趟妇幼保健院,医生说,如果要做手术,最好这几天就做,孩子已经成形了,再不做掉就来不及了。她自己一直拿不定主意,到底是把孩子生下来,还是赶紧做掉。从她目前的情形看,要孩子是不合适的,自己单身不说,人家问孩子爸爸是谁,她都不好意思说。如果真做掉,她又舍不得。以前和吴何费了那么大的劲,想要个孩子都没成功,现在好不容易怀上了。再说,如果做了那个手术,以后不知道还有没有怀孕的可能。这样思前想后,王华有些心烦意乱。她偷偷瞅瞅外屋,史真正在埋头看资料,她想找他谈谈:虽然他在美国没有接受我的表白,但他会明白我的苦心的。把事情摊开来说说,说不定他能给出个主意。正好今天张秦不在,是个好机会。

王华走过去,在史真对面的沙发上坐下来,说:"史老师我想跟你说件事。"

史真抬起头,看看王华:"什么事?说吧。"

"我怀孕了。一个多月了,医生说最好这两天就做手术。我拿不定主意,不知道该怎么办?"

"啊……你……是……在美国?"

"嗯。是他的。那天你去华人医院,维纳斯唐来找我,他说喜欢我,并允诺可以帮助我到美国读第二博士学位。我一时冲动……"

"你也太……"

"我没想到会出现这样的结果,以前和吴何怎么都怀不上,谁知道现在就一次……"

"应该把这件事告诉维纳斯唐教授,看他怎么说。他应该负起责任来。"

"我给他打电话了,他让我自己拿主意。他说,我现在还不能去美国,等拿到博士学位才能申请。可我博士毕业还要大半年呢。那时候这孩子早就生下来了。"

"那就只有做手术了,没别的办法,你还要考虑做博士毕业论文呢,没法生孩子。"

"嗯。"王华低下头,想了一会儿说,"史老师你不会因此看不起我吧?"

史真愣了一下说:"不会。你能这么坦率告诉我,我怎么会看不起你呢。你是成年人了,该有自己的小世界,作为你的导师,只是在学术上给你一点指点,至于生活上,我是无能为力的。"

"我知道。你对我的帮助,我是永远不会忘记的。"王华情绪稍微好了些。

"要不这两天你在家休息吧。"史真说,"这段时间,你这么憔悴,我也没关心过你,正好这两天张秦也不来上班,就当我们放两天假,好好休息一下,调整调整。"

王华感激地点点头:"谢谢史老师了!"

王华回家了,实验室只剩下史真一个人。他环顾四周,看到那台陈旧的、等待维修的实验室设备,心里恨恨地说了句:"我也放假,不干了,奶奶的,连个设备都不舍得买,还干什么干!"

他锁上实验室的门,准备到吴关校长那里去说说进设备的事儿。

吴校长最近在忙着大学评估。学校准备明年接受教育部本科教学水平工作评估,据说这项工作很重要,如果评估不过关,将影响到学校的声誉和发展前景。吴关作为一校之长,理所当然地要把这个工作作为当前最重要的事情来抓。按理说,部属学校的本科教学水平,在这次评估中顺利过关,应该是没有任何问题的。但这几年大学扩招得厉害,加上各高等院校都忙着上博士点硕士点,研究生也跟着大幅扩招,严重冲击了本科教学质量。国家教育部三令五申,一再要求各高校要加强本科大学生培养,但效果并不理想,基本上都是雷声大雨点小。史真估计,教育部也是实在没法子了,才想出来搞评估这一招。所有大学都必须接受五年一次的评估,评估的结果,将直接和国家对学校拨款支持相挂钩。这样一来,没有哪个大学不高度重视这个评估。

　　吴关不在,办公室秘书小董说,吴校长去文学院开会了,她问史真:"你找他有要紧的事?要不要我转达?"史真和小董比较熟悉,她年龄小,刚留校工作才五年,小姑娘很稳重,典型的女强人作风。这个特点倒很适合她现在的秘书角色。史真自己倒了杯水,往沙发上一坐,慢悠悠地喝了一口,说:"我等他一会儿。"小董笑笑:"什么要紧的事儿劳您大驾?"史真说:"是我们实验室的事儿。"小董很懂规矩,不再多问,只说了句:"吴校长刚走,这会恐怕一时半会儿还开不完,要不你先回去忙,等吴校长回来我给你去电话。"史真站起来,说:"也好,省得我一个老头子在你眼皮子底下晃来晃去,你不舒服。"小董哈哈笑说:"史教授你这是批评我接待不周啊。"史真笑笑,说:"我走了,回去等吴校长电话。"史真本来是想开个玩笑,小董却当了真,赶忙跟史真说了几句客气话。史真觉得很没有意思,摆摆手,走了。他在心里嘀咕,女人要是干了行政真是很危险,花一样的姑娘整天生活在这样郁闷的环境里面,早晚要失去本来的美丽和纯真。

　　刚走出办公大楼,史真突然听到砰的一声巨响,什么东西砸到了水泥地上。他循着声音望去,看见一个女学生躺在血泊之中:有人跳楼!他惊呼一声,赶快跑过去。一群下课的学生呼啦围了过来,有胆小的女生,尖叫着捂住了眼睛。现场很惨,那个自杀的学生,披头散发,被摔得面目狰狞,身子底下,涌出汩汩的血水,地上散落着一摊摊白色的脑浆。史真忍住恶心,朝学生们大声呼喊:"快打110!快打110!"他奋力挤出人群,看到学校保卫处的人正向这边奔来。

这些年,学校老出事,仅这一年就有三个跳楼自杀的学生——两个女生一个男生,都是从学校这座最高的办公楼上跳下来的。史真无法明白,那么年轻的身体,怎么会接二连三地在高空绽放?前两个自杀的学生,据说都是因为失恋导致心理不平衡,选择了不归路。这一个女学生呢?又是因为谈恋爱?现在的大学生到底怎么了?他们为何变得如此脆弱,如此不堪一击?

史真觉得心口堵得慌,就回了家,他想好好睡一觉。

周刊也听说了学生跳楼自杀的消息,史真一进门她就说起来。史真问:"你听谁说的,消息传得这么快?"

周刊说:"隔壁的老张啊,他说刚看到的。"

史真说:"我也看到了,现场很惨,那女孩子看样子也就二十岁的样子,大好的年华,真是可惜了。"

周刊摇头叹息。她愣了一会儿说:"我听我们图书馆的人议论,学校之所以会频繁出事儿,是因为离火葬场近的缘故。老校区北边原来就有个火葬场,后来搬到了城西。学校前年发展新校区,在城西划了一块地,你猜怎么着?正好又挨着那个火葬场!他们说学校总跟着火葬场走,怎么能有个好?"

"瞎说!这都是封建迷信!这个你也相信?"史真哭笑不得。

"宁可信其有,不可信其无啊。"周刊煞有介事,"你好好想想,这些年我们学校什么时候消停过?"

"那也不能说是和火葬场有关系!这么大的学校,每年不出点事儿也不可能。"史真辩解道。

周刊不说话了,去厨房忙活。

史真斜躺在沙发上,不知不觉,竟然迷迷糊糊睡着了,还做了个梦,梦见跳楼自杀的女学生不是别人,正是女儿贞子。他在梦中狂喊乱叫,出了一身冷汗。他喊出了声,吓得周刊赶紧把他摇醒。问他:"怎么了,老周?你诈唬什么呢?"

史真这才迷糊过来,他抹抹额头上的汗珠,说:"没什么,做了个梦。"他愣了一下,又说:"贞子怎么还不回来?不是说就去两天吗?"

"大概要到下午吧,既然出去了,还不玩个痛快?"周刊说。

史真点点头:"那我们先吃饭吧。"

十三 云雀

下午,史真破天荒睡过了头,恍恍惚惚地睡到了四点钟,这对他是极少有的事情。周刊去上班的时候,也没叫醒他,这女人倒是精力充沛!睡一觉就又恢复得生龙活虎了。趁贞子不在家,史真和周刊中午折腾了一次。自从过了四十五岁,周刊像是重新回到了年轻时代,想拼命抓住什么似的,狠命地和史真做爱。三十岁以前,男人主动得多;三十岁以后,情形就反过来了。女人和男人不一样,她们要是想了,动作起来比男人凶得多。史真眯着眼睛靠在床头,回味着中午的情形。放在上衣里的手机,忽然急促振动起来,史真下了床,是校办小董,她已经打了三个电话了,她急切地告诉史真,吴关校长现在在办公室等他呢。史真说,他马上到。他迅速穿好衣服,洗了脸,去了行政办公楼。

办公楼前,已经被保洁员打扫得干干净净。据说,上午跳楼自杀的学生被拉到了医院,进行了毫无意义的抢救之后,放进了太平间,等待家里人来处理后事。地上的血迹被清理得没有半点踪影,对于一个拥有两万余名学生的大学来说,死一个人真是太平常了。大家已经习惯了这样的事情,再也没有什么轰动的效应了。

史真直接去敲吴关的门,门开了,小董笑盈盈地做了个请进的手势,说:"吴校长一直在等你呢。"史真进去,吴关正在打电话,示意他在对面的办公椅上坐下。小董端来一杯纯净水,放在史真面前。史真点头致谢。吴关放下电话,说:"上午听小董说你找我,什么事情啊?"

史真说:"是实验室进新设备的事,我们做实验的一台关键设备坏了,维修起来很麻烦,厂家建议换台新的。"

"那就换一台好了,你们实验室不是有项目经费吗?怎么,你的意思是要学校财务出钱?"吴校长笑笑。

"不是,这事儿我跟江主任说过,他不主张换新机器,但不换机器确实影响课题进度。我的意思是,请你跟他说说,还是买一台吧。"史真喝了口水,看着吴校长。

"嗯。江主任是不是怕花钱呢?这家伙,也太小气了!不过,他一向是一个节约的人,这也是可以理解的。为了不耽误工作,该买的设备还是要买的。我回头再问问他,看到底如何处理好。你看这样行不行啊?"

"好。那就有劳校长了。不过,你最好还是不要提我来找过你这事儿,别让江主任多想。"

"哈哈,我知道,我知道。"吴校长站起来。

史真告辞,说:"这事儿越快越好,请吴校长费心啊。"

吴关点头,拍拍史真的肩膀说:"我们是老朋友了,我会尽快落实这个事情的。我不送你了,等会儿那个上午跳楼自杀女学生的家长要来,我去接待一下,虽然是自杀,但事发在校内,我们不能不重视啊。"

史真说:"那是那是,毕竟是人命关天呢。"

从校长室出来,史真去了实验室。他以为,凭着自己和吴关的私交,这事儿一定会尽快办好的。当年他调到这所大学来,吴关做了很多工作。那时候他还是分管人事的副校长,要不是他求贤若渴,三顾茅庐,史真说不定还不能到这所大学来呢。当年就看出吴关是个想做事的人,后来果然是小有作为,还当上了校长,成为"一人之下万人之上"的学校掌门人。

还没到实验室,史真看到贞子和张秦背着大包小包走来,他们旅游回来了。贞子看见史真,说:"爸爸,我给你带了一件纪念品!"史真在实验室门口站住,呵呵笑,看着贞子一步一步走近。真是女大十八变,一不留神,贞子已经出落成一个俊俏的大姑娘了。只是,这个年龄就谈恋爱,稍微有点早了。看她兴奋的样子,分明还是个孩子嘛。贞子来到史真面前,在包里掏了半天,掏出一个微型的"泰山石敢当",一本正经地对史真说:"这个辟邪,放在你办公室里,保平安!"史真看看这个石头做的东西,笑笑说:"难得你有心,我收下了。"他转向张秦,"今天不用来实验室上班了,你们先回家吧,好好休息一下,今天晚上在家里一起吃饭。"张秦唯唯诺诺地点着头说:"行。"贞子和张秦满面笑容地向家里走去。

王华没来上班,实验室里就史真一个人,显得有些空空荡荡。史真不想做事,在窗前看了一会儿外面的风景。小花园里,有一对拥在一起的男女学生,正在不厌其烦地接吻。史真看得面红耳赤,拉上窗帘。看看时间,五点,离下班还有一个小时,环顾四周,实在没有事做,他想先回家,去给贞子他们准备晚饭。他锁上门,慢悠悠地走回家。到了家门口,刚想开门,突然听到屋里传来一阵一阵的呻吟声,仔细一听,是贞子。史真羞得心惊肉跳,转身就走。心里说,这孩子,也太冒失了!

史真在楼下转了两圈,正在楼下碰到隔壁遛鸟的老张。他是文学院的教授,快到点了,带着现当代文学的几个研究生,一周两节课,轻松得很,没事就在家练练书法和绘画。年轻的时候,他是文学院的学术骨干,特别能写论文,经常在一些学术核心期刊上看到他的文章,别人一辈子都不能在上面发表论文的刊物。比如《文学评论》《中国社会科学》等,他一年能发两三篇,而且还是长篇大论。有这样的才华,他早早地就评上了教授,当上了文学院最年轻的研究生导师。可奇怪的是,自从评上教授职称以后,他发表文章的数量突然就少多了。他说,写那些应景的文章实在没有意思,以后再也不写了。他是个很有个性的教授,常常对校领导出言不逊。学校曾经考虑让他当文学院院长,他说什么也不干,说当官更没有意思,都是哄人的东西,耗费时间。学生们都很喜欢这位教授。他这几年,仿佛一下子得道似的,神仙一样到处云游,早把什么学术功名抛到了九霄云外。

老张抬头看见史真,向他招招手:"史教授,来看看我新买的云雀,这小家伙,性子野,这几天正闹情绪绝食。"史真笑呵呵地走过来,看到一只十分漂亮的云雀在笼子里撞来撞去,怒发冲冠,一副愤青模样。史真看了半天,说:"这是个烈鸟,不太好养,张老师干吗要喂养这个东西?"

老张瞅瞅史真说:"越是烈鸟,我越是要调养调养,我就不信,还整不好它了!"

史真笑着说:"您老可不能和它赌气,它一个畜生,不值得。"

老张点点头说:"你怎么下来了?平时不大见你出来遛弯啊!"

史真脸色一红,不好说贞子在家,随口胡诌了一句:"我忘带钥匙了,等周刊回来开门。"

老张点点头,又摇摇头说:"不对啊,刚才我好像看见你们家贞子回来了!"

"是吗?家里有人吗?没有吧。反正我也没事,在外面转转。"史真脸色很不自然。

老张笑笑说:"你是个大忙人,难得有闲工夫出来。你呀,还年轻,看不透啊。听我一句劝,别太用功了!你都是教授了,你还拼什么命啊,整天待在实验室里,有什么好?那些名呀利啊的,不要去争,到头来都是一场空,是非成败,到最后都是毫无意义的意气之争啊。你看看我,年轻的时候叱咤风云,为了那些虚名利益,熬白了头发,累弯了腰,到最后得到啥啊?还是虚名。所以啊,自己感觉充实就行了,不要太在意外界的功利。"

老张还是脱不了教课布道的习惯,一口气给史真讲了一通大道理。

"你说的不是没有道理。"史真在斟酌词句,和文科教授说话就得这样,不然落得奚落,可就丢面子了。他继续说道,"我也很受启发,也很羡慕你的潇洒,但达不到你这样的境界,我们这些学理工科的人,一辈子都是认认真真,丁是丁,卯是卯的,不灵活,做学问都是靠实验,靠数据,不过我会努力向你学习的!"

老张哈哈笑,摆摆手,继续侍弄他的那只烈性子云雀。

这时,周刊下班回来,看见史真,奇怪地说了句:"今天咋有兴致出来溜达了?"

史真笑笑,跟着她上了楼,边走边低声说:"贞子和张秦在家,我没好意思上去。在楼下听老张给我布道了,他可真是个活神仙!"

来到家门口,周刊摁了半天门铃,里面没啥动静。她拿出钥匙,要开门。史真拦住了她,说:"再等等。"他又摁了几声门铃,贞子终于打开了门,她睡衣穿得乱七八糟,脸色潮红,开完门就往洗手间跑。张秦躲在贞子闺房,不露面。周刊像是明白了什么,冲着史真笑。史真装作什么都不懂,往沙发上一坐,打开电视。他的手放在沙发上,抓到几根长头发。他抬手抹了抹,起身想去找鸡毛掸子。周刊从厨房伸出脑袋,看见史真在客厅里转来转去,说:"你瞎转悠什么呢!要是闲着没事,来厨房帮我做饭!"

史真只好去了厨房,边走边嘀咕:"昨儿个还看见了呢,今天跑哪儿去了?"

吃完饭,送走张秦。史真洗完澡正准备睡觉,王华给他发来一个短信:

史老师:今天刚做了手术,医生说,最好卧床静养一个星期,特向您请假!王华。

史真看了一遍,摇头叹息。

周刊说:"你叹什么气呢?"

史真把短信给周刊看看。周刊好奇地问:"你这个学生做的什么手术?"

"人流。"史真说。

"啊,她怀孕了!怎么没听你提过?"周刊刚洗了头发,拿干毛巾左右擦拭。

"又不是什么好事,提什么提?"史真没好气地说。

"谁的孩子?"周刊兴致越来越高。

"不知道,我又不好意思问她。"史真留了个心眼,怕说多了,惹麻烦,干脆不言语了。他此时倒是担心起贞子来,她还是个孩子,这么不知道节制,要是也怀孕了,怎么办?那就会耽误她考研出国了!他提醒周刊说:"我们该多关心关心贞子,别惹麻烦!"

周刊笑笑:"贞子会保护自己的,放心吧。现在这些女孩子,比我们那时候不知道要鬼多少!"

史真不说话,闭目养神。周刊像是刚想起来似的问他:"你今天下午回来那么早不进家,是不是因为贞子……"

史真点点头。

周刊神秘地笑起来,说:"闺女大了,有自己的世界了,你这当爸爸的,该转变观念了!"

史真嗯了一声,翻转身子说:"睡了睡了,明天还要早起锻炼呢!"

十四 举报信

等了几天,买设备的事还不见动静。史真有些急了,他想再去找找江防。可这几天,江防办公室窗帘拉得严严实实的,他好像没来上班。问何采,何采也说不知道,这几天没听说有什么会议,他也没出差,估计就在家里。打电话到家里,他老婆金玉说老江不在家,去上班了。史真心想这就奇怪了,这么大一活人,家里没有,办公室里也没有,他能到哪里去?愣怔了半晌,他忽然想明白了:江防不会是故意躲着我吧?为了拖延时间或者干脆说,就是不想买那个设备,他故意施展了金蝉脱壳术?想到这一点,史真的心就有些凉了。

一上午,他就在实验室里枯坐着,看着张秦一个人在那里忙活。没有设备,一些数据没法弄出来,忙也是瞎忙。史真看着看着,突然站起来,碎步跑到实验室外面,伸长脖子往二楼看,江防的办公室窗帘,确实拉得很严实,跟捂酱似的,密不透风。史真梗着脖子看了半天,扭扭脖子,无可奈何地回到实验室。坐下来,倒杯水,他开始想办法。他想,既然吴校长都答应要管管这事,那问题应该很快就可以解决了,可为什么两天过去了,还没见动静?莫非吴校长没过问?或者江防根本不吃他那一套?唉,要是知道进一台设备要费这么大劲,当初怎么着,也得争取课题经费签字权啊。

如果不买设备,就得赶快大修,不然会大大影响项目进度了。史真皱着眉头思考着,听见楼上传来嗒嗒的响声,这声音越来越大,越来越均匀,是什么东西撞击地面的声音?难道楼上有人?史真兴冲冲地跑上楼,看到江防办公室房门紧闭,不像是有人的样子。他把耳朵贴在门上,又听到了嗒嗒的声音。里面确实有人!他轻轻地敲了两下门,那声音消失了,半天不见什么动静。他又敲了两下,还不见什么动静。他使劲敲起来,还是没人理。他怀疑自己刚才是不是听错了,里面根本就没有人。史真下去了。

坐在沙发上,史真竖起耳朵听上面,还会不会有什么动静。过了一会儿,嗒嗒的声音又一次传来。为了证实这声音是不是来自楼上,他把张秦喊过来,让他来听听上面是不是有什么动静。张秦仔细听听,说:"是有动静,上面有人。"史真点点头,对张秦说:"你去楼上敲门看看,到底是不是江主任。"张秦上去了,一会儿就下来了,说:"没有人开门,江主任看样子不在。"史真点点头,笑笑说:"你去忙吧。"他想出了一个办法。

中午下班,张秦去吃饭了。史真没走。张秦不知道他要干什么,也不敢问,先走了。他一出去,史真就去关上实验室的门,故意大声地说了句:"都走了吗?都走了,好。那我关门了!"他把门从里面反锁好,把实验室的窗帘拉上,只留下一道缝,可以窥视到外面。干完了这些,史真躲在实验室,目不转睛地盯着外面。

十分钟之后,他听到楼上传来锁门声,然后是一阵脚步声。上面的人下来了。他们好像在实验室门前停留了一下,接着脚步声就消失了。一会儿,那人出现在史真的视野,是江防!还有九仙山庄的那个漂亮的女服务员徐蓝,两人说着笑着上了一辆小车,扬长而去。史真明白了。他气愤地在实验室里踱来踱去。他实在是忍无可忍。他决定采取点行动。

这个行动是,上书教育部。史真下定决心,要把学校实验室谎报实验失败,套取国家科研资金的事情上报给教育部,要把实验室领导侵吞经费搞腐败,而不肯投入资金买设备的情况捅出来,他相信,肯定不止一家大学存在这种情况。他已经找过吴校长,问题并没有得到解决。既然学校对此睁一只眼闭一只眼,不给予足够重视,他史真也就无所顾忌了。他说干就干,花了一整个晚上,写完了举报信。信是这样写的:

尊敬的教育部领导:

您好!我是川城大学一名教授。参加工作近三十年了,三十年来,我目睹了我国高等教育的发展进步,也看到了存在的一些问题和有待改进的地方。众所周知,经过多年的努力,特别是恢复高考制度以来,我国教育事业快速发展,高等教育更是突飞猛进,一路高歌。遗憾的是,在许多大学,还存在着谎报课题、经费滥用项目、经费中饱私囊的可耻行为。

我是一名理科教授,一直在高校从事实验研究工作。我的主要研究领域是:生物制药和生产安全,因为这两个领域关系到国计民生,关系到国家的科技进步,所以有关这方面的重大课题很多,项目经费十分充足。有些项目,国家甚至不惜投入巨额资金来集体攻关。近几年来,仅我校,经由我们实验室申报的课题就达几十项,涉及课题经费几亿元。可是,除了少有的几个项目顺利研究结题以外,有许多课题被迫"报掉"了若干次,其原因并不是实验没有取得进展,没有成功,而是有关方面为了得到更多的实验经费,谎报实验失败的次数,以此争取款项支持。这些争取来的资金并没有全部用于实验研究,而是装进了私人的腰包。这些人有的本身就是研究人员,但多数是领导者。有的领导者为了侵吞款项,不惜牺牲实验进度,耽误项目结题,他们甚至连必要的设备都"不舍得"买!

作为大学老师,作为一名教授,我实在是为国家流失的这些款项痛惜。当然,也许我这是在杞人忧天,但我所反映的都是身边的事实,如果你们不信,可以调查。但我希望,你们调查的时候要深入基层,不要停留于领导汇报。因为领导汇报只会把问题隐藏起来,就像你们正在进行的一些评估,出发点和政策都是很好的,但下面的学校大多数都是在走过场,流于表面,有的为了通过评估,不惜造假材料,编假数据。如果这样搞下去,早晚会出现"村骗乡,乡骗县,一直骗到国务院"的情形,高等教育事业就值得忧虑了!

我是一名理科教授,不善辞令,文章写得不好,但反映的问题却是千真万确的,希望能引起教育部的重视!

致礼!

一个普通的大学教授

写完了这封信,史真长舒了一口气,憋在胸中的愤怒终于得到了缓解。他从头到尾看了一遍,确定没有任何问题。他找了个信封,写上"北京,中国教育部收"。

第二天,史真趁着晨练人少,把信投进了学校的邮筒内。信封滑落到邮筒底部时发出砰的一声响,这声音让史真心里一颤:这封信能不能顺利到达教育部领导手中?他们会不会重视?会不会下来调查?相信他们会重视的,这毕竟是一件大事。史真自我安慰。

这天上班,史真特别有精神,他感觉自己干了一件大事,心情舒畅。看着学校路边峻拔的白桦树,看着校园里来来往往的、那一张张年轻纯真的笑脸,史真背着双手,慢悠悠地往实验室晃。

王华也来上班了,她的面容有些憔悴,脸色灰白,眼圈很重。但她情绪还不错,和张秦有说有笑的。毕竟是有过婚姻经历的女人了,流产手术并没有给她带来多大的阴影。但她的臀部好像比以前更大了,也更有风韵了。

史真重新给他俩分配了任务,眼看要到写博士论文的时间,再过一个月就该进行开题论证了。他担心铊中毒治疗研究不能按时完成,为了能让两个助手顺利拿到博士学位,史真给他们准备了一个退路:在实验设备到位之前,继续先前的瓦斯安全研究。

张秦和王华当然明白史真的用意,两人什么也不说,默默地开始了新的实验研究。对他俩来讲,能拿到博士学位是最要紧的,其他的都在其次。

其实,中断铊中毒治疗研究,史真是最难过的。因为这不但影响项目结题,而且还牵扯到那几个学生的早日康复。史真因此闷闷不乐,回家吃饭,心里还是疙疙瘩瘩的。与他不同,周刊却是一脸的兴奋。她一边吃饭一边唠叨:"听说最近基金涨得厉害,简直是疯涨! 我们图书馆好多人都赚到了!"

史真听她喋喋不休,没好气地说:"涨什么涨? 你们倒是挺悠闲! 上班不好好工作,炒什么基金?"

周刊撇了一下嘴说:"你这就落后了不是,谁上班像你那么投入? 我们这些人大部分时间都在上网,有的不光炒股、炒基金,更有甚者还在网上开店,就那什么网……"

正一门心思啃着鸡爪子的贞子插了句:"是淘宝网吧,我们班学生还有人在上面开店呢! 专卖学生用品,还有化妆品,从阿里巴巴批发过来,转手零卖给别人,赚个中间差价。"

周刊说:"对对对,就是这个网,他们小年轻都玩疯了!"

史真听明白了,喝完最后一口鸡汤,抹抹嘴唇说:"这个也能赚钱?"

贞子说:"爸爸你老土了吧? 在网上开店,既不需要多少成本,而且没有税收,有起家早一点的,现在早发财了!"她转过脸问周刊,"妈妈,你是不是也想在网上开个店? 我支持你!"

周刊拉到了一个支持者,很激动,说:"我暂时还不想开店,但我想先炒点基金,就算是玩玩,说不定就能赚到。"周刊说完看看史真。

史真不说话。

周刊向贞子投来求援的目光,贞子啃完了鸡爪,拍拍手,对史真说:"爸爸,妈妈闲着没事,你就让她试试呗,反正闲着也是闲着,就当开心娱乐了。"

史真离开餐桌,坐到客厅的沙发上:"说了句,我现在没心思考虑这些事情,你们想买就买,别给我说。但第一回先不要买太多,试一下再说。"

见史真不反对,周刊高兴起来,说:"那你们都同意了啊,我明天就到银行,先买一万元,看看能不能赚到。"

吃完饭,周刊很兴奋地收拾着碗筷,在厨房里忙活。贞子坐到史真旁边,悄声对他说:"爸爸,看样子妈妈有了自己的'事业'了,你应该替她高兴啊,她这些年忙活来忙活去,从来没有专注于哪一件事情,现在她有兴趣炒基金,我觉得你应该支持她。"

史真笑笑:"谁说不支持了?不就是一万块钱吗?买就是了,赚不赚钱无所谓,只要你妈妈高兴就行。"

贞子竖起大拇指:"好,够意思。我去屋里学习了,就冲你这豪迈气概,我要好好学习,天天向上。"

史真笑,心想贞子这孩子真是长大了。以前她只知道躲在屋子里干自己的事情,现在也懂得和长辈交流交流了。

周刊收拾完厨房,也没看电视,早早地去洗了个澡。洗完了,穿着睡衣出来,用干毛巾搓头发,她小声催史真:"还不赶快洗澡睡觉!都快十点了。"

这是一种暗示。生活了几十年了,史真当然明白周刊这话里的意思。她今天高兴,想早点睡觉做点功课。史真从沙发上站起来伸了个懒腰,朝贞子房间看了一眼,说:"我还真是有点累了,洗个澡睡觉!"周刊把他推到洗澡间,出来说:"要是搓背就叫我。"

史真认认真真地洗完澡,看见客厅的灯已经被周刊关上了,贞子房门紧闭,大概也睡下了。他进了卧室,见周刊半躺在床上,柔和的灯光照在白白净净的身上,正醉眼蒙眬地看着史真。史真一躺下,她就关上了灯。

今天周刊很主动,她不知疲倦地在史真身体上边劳作,喉咙里发出咕咕噜噜的响声。史真耐心地享受着从小腹一点一点扩散出来的快感,周身的血液渐渐加速沸腾起来,最后终于忍受不住,双手抱住了周刊软沓沓的屁股,试图放慢周刊摇晃的速度,无奈,周刊越战越勇,他只好缴械投降黄河决口。这时,周刊也达到了顶点,轻嘘了一声,长吐了一口气,含混不清地说了几句:"天……天……我的天!"瘫软下来。

这真是一次难得的酣畅。看来,性这个东西真是不能强求,女人心情不一样,效果是大不相同。

功课做多了,史真很会总结经验。

十五 傻子

史真很少上网,偶尔在网上溜达也是为了搜集资料。就连学校办公网他也很少去看,现在无论规模大小,几乎所有的大学都建立自己的局域网站,实现了无纸化办公。办公网上不时发布一些文件通知什么的,但这对史真来说,意义不大,除了每年年底参加一次学校教授招待会以外,他很少参与学校的会议和活动。一些需要申报的重大项目,都是学校直接找他,他也用不着主动去关心。

因为周刊要买基金,史真特地到网上搜了搜。在百度输入"基金"两个字,好家伙,原来全国人民都在炒基金,比炒股还疯狂!史真随意看了几条消息,感觉这基金太热,不是什么好事情。他有心打电话阻止周刊,但又一想,也说不定真能赚钱,况且投入的钱又不多,周刊难得这么有兴趣,就算了。

史真趴在电脑前东瞅西望,王华和张秦不知道他在搞什么,两人在那里纳闷:平时很少上网的史老师,今天怎么这么投入?

王华给张秦使眼色,张秦靠过来。王华小声说:"你老丈人今天怎么老趴在电脑前,他没什么事吧?"

张秦说:"我也正纳闷呢,以前这么惜时如金的他,这些天也不准点地往实验室里来了,也许还在和江主任较劲?"

"真是英雄所见略同,"王华笑笑,"我也是这么想的。"

张秦笑笑,做自己的实验了。

王华正饶有兴致地观察专心上网的史真,窗户外面突然掉下来一条大横幅,吓得她一激灵。史真也听到了这巨大的声响,他走到窗户跟前,眯着眼往上看了看,原来是后勤两个工人在实验楼上拉横幅。实验楼正好靠近中心大道的路口,他们倒真会找地方。史真看看那横幅,上面写着:"以评促建,重在建设,以优异成绩,迎接国家教育部本科教学水平工作评估!"真是瞎搞!史真走进实验室对王华和张秦说:"评估就评估吧,还闹这么大动静,劳民伤财!"张秦不说话。王华说了句:"听说这次评估很重要,全国高校都要过一遍,不合格的会影响声誉和拨款。"史真看着外面,嘀咕了一句:"上有政策下有对策,到头来还不是要造假数据、假材料,最终还不是一场热热闹闹的表演?"史真这话很不符合理科教授的思维,王华和张秦都愣了愣,看来史老师今天真是有什么问题了。史真察觉到了两个助手的疑惑,笑呵呵地说:"我刚才在网上看到了这句话,觉得很让人警醒,就随口说了出来。"张秦和王华互相看看,笑了笑。

学校里到处都是大红色的横幅,写着迎接教育部评估各种各样的标语。整个校园成为一片、红色的海洋。还有不到一周的时间,教育部专家组就要进校检查,学校已经做了充分的准备工作,把任务分解到了各学院各单位。吴关校长放出话来,哪一个院系在这次评估中拖了学校的后腿,他就要撤哪个院系领导的职务。总之,此次迎接评估不能当儿戏,一定要确保过关,争取优秀。重点实验室的任务是,准备一份汇报材料,将这几年的重大科研成果汇总,要保证数据精确无误。何采已经做好了这项工作。史真要做的就是给他提供几个数据。所以这次评估工作他并没怎么参与。大学里就这样,再大的事儿,都影响不了教授的工作,应付上级检查,那是各级领导的事儿。

进入冬至,昼短夜长。一场细细绵绵的小雨过后,气温骤降。史真加了一件毛衣,走在路上感觉冷风直往脖子里钻。他缩着脑袋,穿行在学校主干道悬挂的大大小小的横幅中,边走边想着实验室的事情。他慢悠悠地走着,忽然听见身后有人叫自己的名字,是校办小董,她三步两步赶上来。现在不是下班时间,她怎么提前回家了?史真心里嘀咕,行政人员尤其是秘书这个工作岗位,一般都得按时上下班。小董好像看透了史真的心思,说:"我家里煤气坏了,工人师傅在家门口等着我回去开门修呢。"史真这才想起来小董家在外省,老人都不在身边,至今还是孑然一身,眼看她年龄也老大不小了,为何还不找对象?想必平时忙于工作,顾不上。他想到这里,笑嘻嘻地说了句:"小董还没有男朋友吧?回头我让你周姨给物色一个!"

小董笑笑说:"好啊,那请您老和周姨多费心,介绍个好点的。"

"你要什么样的?回去我给你周姨说。"史真呵呵笑。

大学里面女老师多,男老师少,有几个适婚的男孩子早被手快的姑娘给抢走了,要想找个才貌双全的,还真不是一件容易的事儿。小董自然知道这个,说只要人好点,通情达理,有稳定的收入就行了,她要求不高。

史真笑了一下说："这个要求没问题,包在我和你周姨身上了。"

小董笑笑,一副心事重重的样子。

小董走得急,史真不得不加快了脚步。快到宿舍区时,一直在犹豫不决的小董对史真说："史老师,有件事儿本来不合适告诉您,我们给校领导做秘书的都有这个纪律,可是我一看到您,还是忍不住想说出来。"

史真有些惊讶地停下脚步,疑惑地问什么事儿。

小董咬紧嘴唇说："今天省教育厅的张厅长给吴校长打电话,说我们学校重点实验室的一位老师,给教育部领导写了封举报信,教育部领导很重视,把信转到教育厅,要求核实。这事发生在教育部检查评估的节骨眼上,吴校长很生气,今天专门为此开了一个小范围的办公会,校领导怀疑是何采搞的鬼,他一直在和江防争权,可能下午就要找他谈话,不知道会不会牵扯到您。"小董看着史真,眼睛里充满了关怀。

史真表面上装得很平静,内心里却翻起了波浪:那封信果然引起了教育部领导的重视,看你们这些贪官污吏还能得意到何时。

他不说话,小董大概猜到了什么,她说了句史老师多保重,回宿舍了。史真看着小董急匆匆的身影,抬头看看灰蒙蒙的天,笑了一下,转身往家走。

这事,史真吃不准是好事,还是坏事。反正我的出发点是好的,史真站在家属院水池边,看着波澜不惊的一池碧水,心里琢磨着。但他没想到会牵出何采,自己的这位高才生,很快就会否认此事是他所为,从本科生到博士生,史真教了何采近十年,他十分了解自己的这位学生。再说,这事确实和他无关,学校只要下决心调查,很快就能让何采脱开干系。只是,学校怎么查呢?我要不要主动说出来?说出来会有什么后果?此事到底能不能让江防这样的渎职贪污分子得到惩罚?

想来想去,史真理不出头绪,干脆上楼做饭去了。

下午风平浪静,没有人来找史真。史真忐忑不安地坐在实验室电脑前,漫无目的地浏览着网页。王华和张秦以为他在网上搜集资料,在里间屋子里尽量不发出大的动静。快下班时,何采来了。他脸上布满了疑惑和惊喜,一进门就说:"老史你知道不知道,江防这次麻烦大了,有人写他的举报信,学校以为是我干的,今天找我谈话。这哪是我的事儿啊,我倒是想写来着,可一直没这个胆儿!"

"你为何没这个胆儿?"史真面色平静,微笑着问他。

"嗨,这领导的事儿你还不知道?咱们学校的干部树大根深,盘根错节啊,你知道哪个枝叶连着哪个树根?不要说官官相护,就是这萝卜坑下,有多少泥,你都不知道!都说背靠大树好乘凉,朝里有人好做官,你知道这大树到底有多大,这朝廷有多深?我哪敢呢我?"何采说得很激动,唾沫星子乱飞。

《激动的舌头》。史真想起刚才在网上看到的一本书,这书名恰好可以形容此刻的何采。

"要说这样的事儿,只有你这样的高人才敢干!"何采笑着试探史真。

"为什么?"史真也笑。

"因为你是学校的专家教授啊,你是教授你怕谁?你都是教授了你还怕个鸟啊!你一不当官,二不求财,清心寡欲,独来独往,只有你,才会有胆子干这样的事!关校长实在是没有动脑子,他就以为我和老江有点明争暗斗,怀疑是我,我哪有胆子哟!"

"你明年是不是要评正高职称?"史真岔开了话题。

何采点点头:"想破格提前一年,不知道能不能通过,史老师可要给我帮帮忙,你是高评委召集人之一,你说句话比谁都强。"

"要看成果啊。不过你心也太大了,正处级干部想当,正高职称还想破格,难呢!"史真犹豫了一下,继续说:"作为你曾经的导师,我觉得你很有科研上的潜力,大多还没有发挥出来,你还是静下心来搞些科研成绩,别去争那个什么正处级干部了。有了标志性的成果,早早地上了职称,进了专家库,比什么都强。"

何采频频点头。

史真判断不出来这个学生到底听没听进他的话,何采跟他读博士的时候也是这样,当面听得很认真,可过后,还是有他自己的想法,按照自己的路子来。不然,他也不会走上今天的路子。如果这次自己"起义"成功,说不定还真能给他创造一个进阶的机会呢。可是,"起义"能成功吗?

史真很快就知道了这个问题的答案。

第二天一上班,他就接到了小董的电话,小董在电话里说:"史老师,吴校长想和您谈谈,今天上午 10 点钟请您到校长室来一下。"史真说:"好。"小董在电话里没透露出其他任何信息,但史真已经察觉到了她语气中的一丝不安。吴校长找他谈话,肯定是因为举报信。

太阳当空照。史真走出实验室,抬头看看东方,目光越过枝叶细密的水杉树冠,把脸迎向温暖的太阳,伸了个懒腰。是福不是祸,是祸躲不过。史真想,不管结果如何,只要能引起有关领导的重视,即使问题不能得到彻底解决,至少也让上层了解到一点基层的真相吧。他掏出手机,看看表,差十分不到十点,他向学校办公大楼走去。

上了三楼,史真直接去了校长室。刚要抬手敲门,江防正好从里面出来,他看看史真,鼻子里发出两声闷哼,甩甩手,扬长而去。史真受到江防的冷遇,心里黯然一凉,他心想:坏事了!

吴校长脸色也很难看,他紧绷着脸,皱着眉头,眉心挤出一道深深的纹路。史真进来,他也没让座,指着桌子上的一个信封说,你看看吧!史真拿眼看了一眼那个信封,正是他写给教育部领导的信。这封信怎么会落在吴校长手中?法律上,不是说保护群众的举报隐私吗?可举报信为何又回到了学校?官官相护,也不至于到了这种地步!史真感到很绝望。他做梦也没想到举报信会回到吴校长的手中,怪不得刚才江防一脸的怒气,想必他也已经看到了这封信。

"这信是你写的吧?"吴关生硬地说。

史真翻看着那重若千钧的两页纸,保持沉默。

"你不承认也不行,这字迹就是你的。"吴关继续说,"你是我们学校的人才,学校一直对你不薄,你怎么能够越级写举报信呢?就为了一台设备的事儿,为了一个实验项目?你知不知道这封信,严重损害了我们学校的形象!"

史真还是不说话。

吴关大概意识到了自己有些失态,他请史真在沙发上坐下来,口气变得温和起来:"老史啊,咱俩年龄差不多,都这把年纪了,不是血气方刚的时候了,做事是要考虑后果的!你这么做,既让老江伤心,也让学校被动,你这是何苦嘛!"

"我不能看着国家资源和老百姓的血汗钱白白浪费!也不能看着一些人搞腐败!"史真梗着脖子大声说。

"那你也不能往教育部写信呢!现在正是我们学校迎接本科教学评估的关键时候,你这封信,岂不让上级对我们产生不好的看法?你也要有大局意识嘛。"吴关一副恨铁不成钢的口气。

"我事先给你汇报过了,你不管,我没办法才写信的。"史真说。

"我没说不管嘛,老江和我是同班同学,我已经提醒过他了,他也表示要改正态度了。你说的那些故意'报掉'实验项目的做法哪个学校没有啊,老江眼看就要到点了,快退二线了,你们同事了这么多年,不看僧面也看佛面吧。"吴关说。

"现在你想怎么办?"史真问。

"还能怎么办?我们设法把这事儿弄圆满了,你也不要继续较真了,那设备的事儿,我马上让设备处给你落实了。"吴关说着就拿起了电话。

"设备处?你的意思是让学校出钱买设备?"史真惊讶地问。

"学校不出谁来出?你们自己出?老江说没那么多钱,作为重点实验室,学校投资也是应该的,正好又是迎接评估的时候,添台设备也是正常行为。"吴关说着,拨通了设备处处长沈通的电话,响了半天,没人接。吴关放下电话,说了句:"这个沈胖子,跑哪里去了!"他对史真说:"你先回去吧,设备的事儿这两天就能到位安装调试。这举报信的事儿到此为止。"

从校长室出来,史真长舒了一口气。设备的事儿是解决了,可他心里却仍然堵得难受。他还是想不通:这封信怎么能从教育部退到教育厅,再从教育厅退回学校?这样做,以后谁还敢向上面反映问题啊?这太让人失望了!还有,难道上面就不想追查个别领导的渎职贪污行为吗?说是要核查,却又把举报信退回到原单位,还怎么核查?这样的话,贪官照样做贪官,他这个写举报信的岂不成了傻子了?如果江防就此嫉恨在心,他这日子还能好过吗?想到这些,史真心口窝一阵冰凉。

太阳光温暖地照耀着大地,下课的学生们有说有笑。史真目光茫然地越过涌动的人潮,落在几个月前女孩坠楼的那片空地,他仿佛又看到了一摊鲜红的血迹。一阵寒意袭击着他。有人和他打招呼,是设备处处长沈通,看他那匆忙的样子好像是有什么急事,他招呼了一声"史教授",就匆匆上楼了。这声招呼让史真清醒了许多:妈的,我是著名的教授,我是靠自己的业务吃饭,我担心什么?大不了一走了之,此地不留爷,自有留爷处!现在全国各地都在延揽高素质人才,我担心个鸟我!

史真背着手,逆着人流往家走去,脚步沉着而自信。

十六 强奸

真是祸不单行。史真举报信刚刚事发,贞子又出了大事:她被强奸了。和她一起出事的还有一个女孩子。据她们说,强奸者是正在学校外面盖楼的民工。

市里面刚给学校家属区南面新批了几亩地,学校准备在那里先建两栋小高层:一栋专家楼,专门为学校延揽高级人才用;一栋普通住宅,缓解学校年轻教师的住房问题。

两栋楼分别承包给南通和苏州的两个建筑公司,一个月前破土动工。因为施工地点在学校围墙外面,离校园比较远,也没引起多少师生的特别注意。根据以往的经验,如果大学里面盖大楼,只要是大工程,多多少少总会出点意外,特别是那些民工,离家出门那么久,见到装扮时髦的女大学生,两眼都能放出光来。所以,每到学校遇到破土动工盖大楼的时候,学校保卫处就特别紧张,加强巡逻,采取安全保卫措施,把施工地点和学校隔离开来。因为这次施工地点离校园远,建筑工地和校园还隔了一堵矮墙,保卫处以为不会出什么大问题。

工程动工以后,校园里面出现许多陌生面孔。特别是到了晚上,学生们上晚自习的时候,他们在校园里东瞅瞅西望望,鼻子嗅来嗅去。史真晚上散步时有好几次碰到过这样的人,他们穿着打扮比较随意,虽然天气早就转凉,他们有的还穿着短袖衬衫。在食堂打饭时,也碰到过这样的面孔,当时还奇怪:学校里怎么一下子多了这么多人?保卫处也不出来管管?现在看来,那都是安全隐患。

大学里面发生强奸案倒,也不是什么稀罕事儿,对于一个两万人规模的大学来讲,这种事总是防不胜防。以前学校里出现过女学生因为谈恋爱产生争执,被强奸后杀人灭尸的惨案。学校建新校区时,五个女学生同时失踪了三天,后来,在一栋刚建好的大楼顶层,发现了被强奸后囚禁起来的她们。这些惨案有的顺利告破,但最后大多都不了了之了。这样的事发生在别人身上,史真听到了只是叹息。现在,女儿贞子也遭到了这样的悲惨,他实在是不能接受。

晚上十点钟,贞子迟迟没有回家。周刊一直在看电视,自从买了那一万元基金,她每天都关注电视上的基金专题节目,直到节目主持人说完"再见",播音员开始播报整点新闻时,她才看看墙上的表,嘀咕了一句:"贞子今天怎么这么晚还不回来?要不要去看看啊?"

正要去洗澡的史真说:"可能是和张秦在一起吧,年轻人在外面浪漫浪漫,也是正常的嘛。"

"浪漫?这么冷的天!"周刊嘟囔了一句,"不行,我还是不放心,今天一整天右眼老跳,千万别出什么事儿啊!"

周刊这么一说,史真也揉揉眼睛说:"我刚才眼睛也跳了几下,说不定是我那举报信的事儿。贞子这孩子不会有事的,你放心。"

"举报信？什么举报信？"周刊问。

史真没跟她提过他给教育部写信的事儿,周刊一向胆小谨慎,史真怕她过度担心。现在她问起来,史真轻描淡写地说了句:"也没什么大事,我给教育部领导写了封举报信,被退回到学校,吴校长找我谈了一次话,解决了实验室设备问题,是个好事。"

"哦,那就好。你闲着没事写什么举报信？那封信怎么能被退回到学校？这要是让领导知道了你还怎么做人？"周刊担心地说。

"这跟做人有什么关系？哎呀,你不要瞎操心了！看你的电视吧,我去洗澡了。"史真去了洗澡间,还没脱衣服,听见家里的电话急剧地想起来,然后听到周刊的喊叫声。史真从洗澡间冲出来,看见周刊愣愣地站在电话机旁,手里拿着电话,满面泪痕。史真问她:"怎么了？谁打来的电话？"

"是贞子,她说被人强奸了,现在在学校南面的工地旁的山坡上。"周刊号啕大哭起来。

史真像被雷击了一样,蒙住了。愣了一会儿,他迅速穿上外套,向工地跑去。周刊停止了哭号,跟在史真身后奔跑。

外面很黑,幽暗的路灯发出惨白色的光芒,照射着黑漆漆的水泥路面。跨过校园低矮的围墙,没有了灯,脚下漆黑一片。史真和周刊深一脚浅一脚地跑着,远远地看到工地上的白炽灯,在灯光的暗处,隐隐约约地看到那个黑黝黝的土丘。史真气喘吁吁地爬了上去,在一棵歪脖子槐树下,他看到了贞子和另一个女孩。她俩紧紧地偎在一起,身上各自胡乱地披着被扯烂的毛衣。周刊一步跨过来,抱住贞子大哭。史真极力忍住悲伤,拍了拍周刊的肩膀,制止她的哀号。周刊冷静下来,给贞子穿上散落在一边的衣服。和贞子一起的另一个女孩子,目光呆滞,一句话也不说。

史真掏出手机,贞子哑着嗓子说:"爸爸,你是不是要打110?"史真点点头。"你别打!打了也没有用!要打,刚才我自己早打了。那四个人不是校园里的人,是民工,他们早跑了!"另一个女孩子也有气无力地说:"不能报案,那样的话全校的人都会知道这件事,我男朋友会离开我的!周围的人对我更会冷眼相待!"

贞子和女孩子的话,让史真流下了眼泪。他和周刊扶着两个站立不稳的女孩子,一步一步慢慢地往家走。

回到家里,周刊含着泪水为她们简单处理了一下下体。贞子的那位同学伤得比贞子重得多,她的下体已经被糟蹋得严重变了形,裤子上到处都是血污。她正在月经期。"畜生!真是畜生不如啊!"周刊骂道。

擦洗之后,贞子慢慢恢复了精神。她自己到洗澡间去洗了个澡,半天没有出来。她从来没有在洗澡间待过这么长时间,水流声淹没了她的哭泣声。她一遍遍地擦洗着自己的身体,咬牙忍受着来自小腹的阵阵疼痛。

贞子的同学也去洗了澡。贞子说她名字叫牡丹,和自己是好姐妹。每天晚上放学两人都是一起走。今天晚上因为看书看得入了迷,离开教室的时候已经十点多了。外面很黑,她俩手拉着手往女生宿舍区方向走。女生宿舍在南区,离教工家属院并不远。两人贪图近路,走了没有路灯的小径。到了四岔路口,突然被躲在暗处的人从后面捂住了嘴巴,拖到了不远处的土丘,在那里被四个民工轮奸了。

这就是整个事情的经过。

两个女孩子挤在一个房间,抱在一起默默地流了一整夜眼泪。周刊和史真也一夜没合眼,他们被这突如其来的不幸打蒙了。今后贞子怎么办?这事儿会不会给她留下阴影?会不会影响她的学习?她还能不能出国留学?更重要的是这件事要是张秦知道了,会怎么样?他还能不能接受贞子?如果不能接受怎么办?这些问题困扰着史真,他发出声声沉重的叹息。

第二天一早,牡丹回宿舍睡觉了,贞子也没有去上课,一个人躲在屋子里默默流眼泪。周刊到图书馆请了假,在家里陪贞子。史真吃完早饭,在家里待了一会儿,周刊劝他去实验室。新买的设备今天开始安装,他必须亲自到现场调试。设备很复杂,他心里又担心着贞子,调试的时候弄错了好几个地方,惹得厂家送货的那个红头发小伙子很不高兴。一直到中午下班,才勉强调试完毕。史真刚要离开,江防走进来。他一改此前的严肃,微笑着和史真、王华他们打招呼。他拍着史真的肩膀说:"老史啊,你这个人是个急性子,做事总是要立竿见影。其实,我早就准备更换这台设备了,前段时间,咱们实验室的确是资金周转不过来。现在吴校长用学校的钱给我们配备了这台设备,这不也一样让你满意了嘛。"

史真不愿意搭理江防,这个人脸上带着微笑,心里不知道怎么算计呢。如果不是那封举报信,这设备恐怕到现在还是遥遥无期!不过江防主动过来说话,而且还这么客气,不管是否出于真心,他史真的心胸,绝不能在王华和张秦面前表现得太过狭窄。他微微笑了一下,点了点头,算是对江防的回应。

江防始终保持着一脸的笑容,他围着机器转了一圈,说:"这设备也更换了,项目还得继续做啊。老史啊,你看我们还要不要向上边打个报告,再追加一点资金呢?"

什么?史真心里咯噔一下,江防还要打报告?还是想把项目"报掉"!他血往头上冲,握紧拳头,额头上冒出了细密的汗珠。江防眼睛盯着他,目光咄咄逼人。史真竭力地让心情平静下来。

江防哈哈大笑说:"既然老史没有异议,那我就再打个报告。这设备花的是学校的钱,吴校长说了,我们不能老是用学校的资金买自己的设备,要利用科研经费把款还给学校。"

史真终于明白了枝叶和树根的关系:江防的背后是校长吴关。史真终于醒悟过来,江防为何在这次举报事件中毫发无损,江防知道史真这颗小螺丝钉,扳不倒他这个庞然大物。既然吴关是江防的保护伞,再大的雨他也能遮一遮。还是何采说得对,树大根深呢!

离教育部教学评估的日子越来越近,学校上下都忙于这个头等大事,无暇顾及其他工作。贞子在家里躺了两天,第三天也不得不加入迎接教育部评估的队伍中来:班主任说了,在这期间,所有的本科学生,必须学会背诵教务处印制的迎评小册子,如果有哪个学生拖了外国语学院的后腿,外院将予以严厉处罚。

贞子被强奸的事儿,史真一直瞒着张秦。他和周刊商量了半天,觉得还是不让张秦知道真相,他们拿不准,如果张秦知道了事实会不会和贞子分手。贞子情绪刚刚稳定下来,而且正处于考研的关键时期,不能再受什么刺激了。周刊悄悄地叮嘱贞子:"最近不要和张秦接触了,现在是考研准备最紧张的时候,可不能分心。"贞子知道妈妈话里的意思,红着脸点头答应下来。

经过这一连串的打击,史真也渐渐地明白了一个道理:有些事情并不是自己所能把握得了的,有时候不得不顺其自然。他慢慢地又恢复了从前的低调,变得沉默寡言起来。他每天早早地起床,在校园里锻炼身体。他常常绕着学校四周的围墙小跑,那是一条幽静的小碎石子路。路两边是整齐的直冲云霄的水杉,在这里,还能听到许多不知名的鸟叫。学校里树多,是鸟类栖居的天堂。如果是在春天,会比现在热闹得多。有一天,史真看到十几个老人整齐地站在树林里一块空地上,旁边放着一个录音机,伴随着音乐声,他们在做着各种各样的动作。这是什么舞?太极?不像。怎么看起来像已经被禁止的邪教啊,这些老头老太太不会在偷练这个吧?在这么一个僻静的地方,一般很少有人能发现。但看看那些老头老太太怡然自得的神情,又不像是在练什么邪教功夫。史真来了兴趣,他停止了跑步,慢慢地在原地踱来踱去,偷偷观察着这些老头老太太的动静。

老人们没有察觉到史真的好奇行为,他们打完一套完整的动作,各自收拾各自的东西,有说有笑地就散了。没有一个人搭理史真。史真眼巴巴地看着老人们离去,兀自愣了一会儿,往学校门口跑去。他在门口小摊买了一些早餐,回家了。

在餐桌上,史真憋不住,把自己看到的情形告诉了周刊:"你说他们会不会是在偷偷练邪教啊?这不是犯法吗?"

周刊奇怪地看了史真一眼,说:"你没事儿吧?人家练功关你啥事?是不是最近感觉不舒服了?"

"哪有啊!我就是觉着奇怪。"史真说。

"奇怪什么?人家那是在锻炼身体!什么邪教不邪教的,早就没有了!"周刊站起来开始收拾桌子。

"我明天再去观察观察。如果不是邪教,我也想加入他们,我看那套动作设计得挺好的。"史真认真地说。

周刊洗完碗,想好好和史真聊聊,做做他的思想工作。她从厨房里出来,史真不见了,他去了实验室。

十七 冲动

设备买来了,这铊化合物中毒治疗研究的项目还要不要继续?史真一路上都在思考这个问题。江防那边要"报掉"实验项目,是为了套取上边更多的资金,这个与实验没有多少关系。如果要做,也只能是他一个人的事儿。张秦和王华刚刚在瓦斯安全项目研究上取得关键性突破,博士论文已经有了眉目,正准备开题报告呢,不能再打断他们了。如果不能按时完成毕业论文,就拿不到博士学位。这对他们来讲,可是头等大事,当务之急啊。

王华和张秦早早地就来到实验室了,他俩这段日子的确很努力,两人都在为博士论文顺利开题做最后的准备。因为实验数据对论文非常重要,所以两个人都不敢马虎。王华一改平日的慵懒,早来晚走。张秦也减少了和贞子的约会,全身心地投入实验中来。

史真看着两个学生在实验室里忙碌的身影,欣慰地笑了笑。他决定,尽快让他们开题,这样他们做论文的时间可以充分一点,好的开题是决定论文高低质量的关键,虽然这次开题就他们两个人,但也要搞得严肃认真。他决定,尽可能地邀请一些权威的同行来给他俩做开题论证。史真给何采打了一个电话,铃声响了半天也没有人接,刚挂掉,何采就笑呵呵地出现在实验室门口,他对史真说:"我正要来实验室找你呢,就没接电话。"史真笑了笑说:"我也正有事要找你。"

两人在沙发上坐下来。

史真笑了笑:"你先说还是我先说?"

"你先说吧。"何采说完把脸转向里屋,对王华喊,"小王啊,你把实验室的门关上,我抽根烟。"他说着掏出一根烟,点上,猛吸了一下,吐出一大口淡蓝色的烟雾。

王华把里屋的门关上了,一会儿又出来,在垃圾袋里,找了一个刚用过的一次性水杯,接了一点纯净水,放到何采跟前,笑盈盈地说:"史老师平时不抽烟,实验室没有烟灰缸,你就用这个凑合一下吧。"

何采笑着说:"谢谢小王,还是女同志细心!"

王华嫣然一笑,回里屋去做实验了。

"你怎么又开始抽烟了? 不是戒掉了吗?"史真关心地问何采。

"最近在写几篇论文,忙着明年春天评职称的事儿,唉,头发都快熬白了!"何采叹了口气,"奶奶的,早知道当初不走行政这条道儿,多搞点业务,就用不着像现在这样发愁了。"

"慢慢来,别着急。我找你是为了王华和张秦论文开题的事儿,我想请几个权威过来帮忙论证一下,这样可以保证论文的质量,争取能拿到全国优秀论文奖。说起来还是你那一次拿过全国优秀论文奖,那以后我们实验室培养出的博士生没能再度折桂,今年得想办法挽回一点面子。"

何采笑笑:"我那年能得奖,还不是多亏了史老师你啊!要不是你把那些权威都请过来论证,我哪有能耐拿那个大奖。"

史真笑,喝了一口水。"所以今年我想再努力一把,王华和张秦都很优秀,也帮实验室做了不少工作,他们都很有潜质,只要开题起点高一点,拿个全国优秀论文奖,估计没多大问题。"

"我同意你的想法,需要我做什么工作你尽管安排。"何采掐灭了烟,喝了口水。

"也不需要你做什么,我来邀请人,到时候你参加一下就行了,可能需要一些资金,主要用于接待和论证,这个需要你去和江防商量,我不想和他说话。"史真说。

"行,这没问题。"何采表态。

"好。我的事儿说完了。你说,你找我有什么事?"史真问。他倚靠在沙发上,伸了个懒腰。

"还不是论文的事儿?我写好了两篇,想请你指点指点,看能不能推荐个好一点的学术期刊,在新年前给发表了。"何采说着从衣兜里掏出一沓刚打印出来的文稿交给史真。

史真翻了翻,说:"选题看上去还不错,发表应该没问题。但你明年评职称属于提前破格,要求比较高,最好能在国际权威期刊发几篇文章。你有吗?"

"就一篇,还是去年发表的。"何采的脸有些红。

"不行,太少了。我想办法把这两篇推荐出去。"史真停顿了一下,说,"我听说维纳斯唐是美国一家最权威矿学杂志的编委,我就给他吧,如果能在那家杂志发表,你破格就不会有任何问题了。我一会儿给他打个越洋电话,正好也邀请一下他,看他能否来参加王华他们的开题论证会。"

"那就谢谢老师了。"何采感激地说,"毕业这么多年了,还是不能离开老师的庇护,我这做学生的很惭愧啊。"

"哈哈,你啊,早点回到业务上来吧,别在官场上耗费时间了。"史真皱起了眉头,"那是一个大染缸,谁进去都会荒废的!"

何采点点头,站起来,说:"那我去找江防主任,把资金的事儿尽快落实下来。"

史真说:"那好,你去吧。我再看看你的论文,看有没有不妥的地方。在那种杂志上发表文章,要求很高。"

何采直接上了二楼,想去看看江防在不在。才一会儿,史真就听到何采下楼的脚步声,知道他没见到江防。这个快二线的实验室一把手,最近又是经常神龙见首不见尾的,不知道又在忙活什么。学校刚成立了迎评工作小组,他是接待组主要负责成员之一。进入这个工作小组的都是学校的重要干部,有的是关键部门的负责人,有的是校长书记的得意手下。史真知道,等这次运动一过,又会有不少人得到晋升,学校官场的风花雪月,他多少了解一些。

学校的横幅比前两天更多了,说是横幅的海洋并不为过。学校大门口还拉起了拱门,上面一溜儿烫金大字"热烈欢迎教育部专家组领导来我校检查评估教学水平工作"在阳光下熠熠生辉。在史真眼里,这又是劳民伤财的表现。他最讨厌搞毫无意义的形式,迎接评估就迎接评估吧,干吗还要在学校里如此兴师动众,拉这么多横幅?史真相信,越是那些名气大的大学,越是有一股静气,有一股定力,除非到了非要大学抛头露面的时候,大学才当仁不让地站出来,发表自己的看法,起到引领时代潮流的作用。但在平时,还是要以安静为主,以好好学习、研究为主。大学嘛,千万不要浮躁。像这样的迎接评估工作,安安静静应付一下就可以了,干吗非要搞出这么大动静?这绝非教育部搞评估活动的初衷吧!

史真在饭桌上还为此愤愤不平:"搞什么搞?瞎搞!"周刊也在一旁唉声叹气。史真以为她也同意自己的观点,一脸喜色地说:"你也这么认为?真是君子所见略同啊!"

周刊说:"什么啊!今天我买的那两个基金跌了,我是为这个担心呢!谁像你每天都在杞人忧天!"

"基金下跌了?哈哈,我说这个投资有风险吧,你偏不相信,贞子还说什么这是你的一项伟大的'事业',现在好了,折本了吧!"史真在一旁讽刺挖苦。

周刊见丈夫幸灾乐祸,毫无同情之心,气呼呼地起身去厨房盛饭,回来就抱怨史真:"你看你啊,这亏掉的钱还不是有你的一份?你这么不关心,哪像自己人?"

史真见周刊有些生气,赶紧表现出一副认真对待的样子来:"我当初就说了,这点钱,就当你开心娱乐了。你现在这心态就不对嘛,折本也是正常的嘛。再说了,现在亏下来,明天说不定就涨上来了。"

这话说到周刊的心窝里了,她心情明显好了许多:"下午我再上网看看,说不定真涨上来了呢。"

女人就是好哄。史真心里想,都这么大年纪了,还和小孩子一样阴晴不定的,唉,女人啊,就没有长大的时候。

女人情绪变化大,男人也有冲动的时候。史真自从那天早晨,对在小树林练功的那几个老人产生了兴趣之后,他每天都准时去那里观察。他有些古怪的行为被其中一个老人发觉,这天,老人故意走在最后,和史真打招呼:"我看你很眼熟,你是学校里的老师吧,这几天老见你在看我们练功,你对这个有兴趣?"

既然被人家看出来了,史真也不隐瞒:"我叫史真,学校重点实验室的,看你们练得津津有味,也想加入进来,不知道可不可以?"

"那欢迎啊,我们现在练的是,我们几个老头子闲着没事自创的一套功法。这个对身体很有好处,你可以试试。"老人说。

"那我明天就加入进来了,"史真高兴地说,"还没请教您老是……"

"我是乔峰,在统战部退休快十年了。"老人声若洪钟。

"啊,早就知道您的大名。"史真说道。

乔峰是一个乐天派,这老头心态很好。史真很喜欢和这样的老人聊天,他想以后有时间,多和这些老人接触接触,排遣排遣那些乱七八糟的乌烟瘴气。

从这天起,史真算是有了"新组织"了。他加入了老人的队伍当中,早晨和他们一起练功,晚上有时间还参加他们的聚会。史真精神又焕发出光彩来。周刊却为此忧心忡忡:这个老史,整天和那些老头老太太在一起,这要是让学校知道了,会不会对他有什么看法?她越想越不放心。这天晚上睡觉前,她拐弯抹角地给史真说了自己的想法。

史真满不在乎,说:"这有什么?跟他们在一起我心情愉快,这样就足够了！再说学校不会管这些的。"

周刊想想也是,谁有兴致管这些破事?

他俩都想错了,这不是什么破事,即便是破事也有人管。只是时机未到,时机一到,自有"闲人"来大做文章。这要等到迎评工作结束以后,学校有关人员腾出手脚来。"举报信"埋下的根,早晚会冲破泥土发出新芽,长出满树枝叶,史真注定无处可逃。

在这之前,学校另一个事件突发出来——这次事件比"举报信"事件要严重十倍,甚至比铊中毒事件还要严重——它以比这两次事件强十倍的威力,直接影响了学校在这次评估中的成绩和良好的社会声誉。

十八 倔木头

事情的起因是这样的:

文学院有个叫嘉木的青年男教师,小伙子业务水平很高,每一年都参与文学院本科生毕业论文的指导工作。按照教育部评估要求,指导毕业生论文的老师职称必须都是副高级以上,嘉木今年刚评上讲师职称不久,学校为了确保在这次评估中获得一个好成绩,便悄悄把嘉木的名字换成了另外一个副教授的名字。世上没有不透风的墙,嘉木很快就了解到了事情的真相。小伙子是刚正不阿的人,也是个急性子,最看不惯学校这样造假的行为。一怒之下,他一纸诉状把学校告上了法庭,说学校侵犯了他的署名权,要求学校向他赔礼道歉,并赔偿名誉损失。

要说这事也没啥了不起,学校做做工作不就行了?可事情发生在迎接评估的节骨眼上,偏偏北京的一家著名媒体又对此非常感兴趣,要来采访报道。这事不能让媒体介入!校长吴关给宣传部部长湖光下了死命令:务必拒绝媒体的任何采访,保证消息不要上报纸,不然,这迎接评估的事儿就麻烦了!学校和本市宣传部门的关系很好,逢年过节的时候经常在一起喝一点革命小酒,感情沟通得很到位。湖光一一给他们打了招呼,保证市里媒体不报道不关注。可这北京的媒体怎么对付呢?法院已经受理了此案,马上就要开庭审理了。在迎评这个节骨眼上,时间很紧张,这工作怎么做? 宣传部部长湖光为此愁眉不展,茶饭不思。

史真在图书馆里见过嘉木几次,小伙子白白净净的,个子不高,鼻子上架着一副眼镜,看上去有些柔弱,说起话来细声细气,吴侬软语一般,一听就知道是南方人。这样纤弱的书生竟然能做出如此大胆的举动,的确让史真吃惊。把学校告上法庭,意味着什么? 意味着,你无论是胜诉还是败诉,都要面临被校方除名的巨大压力。这可比写举报信危险多了! 因此史真十分欣赏嘉木的正直和勇气,现在这样的人不太多了,太稀缺了!

虽然湖光做了最大努力,最终还是没有把北京那家大媒体的记者挡在校外。他们设法和嘉木取得了联系,嘉木接受了采访,把学校为了迎接教育部评估造假材料,侵犯其署名权的全部真相都说了出来。记者还采访了受理此案的法院的法官以及教育部负责评估工作的领导,这家享誉全国的大媒体想把这个新闻做大,他们要透过这个新闻事件,对教育部评估工作进行反思。

学校的麻烦大了。这不仅牵扯这所学校能否顺利通过评估,而且把教育部也带进来了。对于评估工作,坊间本来就不缺乏置疑的声音,现在这件事,不正给这些置疑提供了依据吗? 如果真是这样,上级领导肯定会把板子打在学校领导的屁股上。

党委侯书记紧急召集了学校中层以上干部,开会研究对策,现在不让法院受理已经是不现实的了,只有想办法阻止媒体介入。商量来商量去,拿不出一个解决方案,大家叽叽喳喳,都在说着没用的气话,有的说干脆把那个嘉木开除了! 有的说给记者送红包,阻止他们把稿子发出来！侯书记眼盯着文学院书记高巍和宣传部部长湖光,嘉木是文学院的青年教师,出了这样的事,文学院领导有不可推卸的责任。湖光作为学校的宣传部部长,没有采取有效的措施阻止记者采访,也是一个很大的失误。高巍和湖光也拿不出主意,都低着头,一言不发。侯书记没办法,只好一锤定音:湖光火速去北京,一定要阻止稿子报道出来！散会后高巍马上找嘉木谈话,做做他的思想工作,最好能让他撤回一纸诉状,如果他能出面澄清,这是一场"误会",是他的一时冲动,那就更好了！高巍嘴上答应着,心里却犯嘀咕:嘉木如果这么"通情达理",这事根本就不可能发生！文学院谁不知道他是个倔木头！思想工作根本就做不通！

做不通也得做。高巍亲自登门,无奈人家嘉木老师就是不撤诉,更别提发表什么全是"误会"的声明了。湖光那边更惨,车子还没开到北京,报纸已经发排了,无论怎么做工作,都已经是回天无力了。

许多人都看到了报纸。这是一张国家级大报,敢说敢做,别人不敢发表的文章它敢发,报道很有深度,所以报纸发行量巨大,史真平时就喜欢看这张报。前一天他刚好在图书馆里看到嘉木,这个小伙子真是有定力,出了这么大的事还这么镇静自如,悠闲地在书海里徜徉。他也认识史真,听说过他给教育部写举报信的事,小伙子一看到他就感觉亲切,把他拉到一边,看看四周,低声说:"注意看明天的报纸！记者给我说要发一个整版,这事大发了,我早就看不惯这破学校的虚假和腐败,上次听说你给教育部写信的事,我很佩服。"

史真点点头,翻了翻手中的书,说:"嘉木老师啊,有句话不知道当不当说,这话可能不太中听,但对你有好处。"

"史老师你尽管说,没关系。"嘉木说。

史真沉吟了一下,说:"你和我的情况不太一样啊,你还没有足够的能力保护你自己,这次是有点莽撞了,不过我理解你的正直,也支持你,就是在策略上有些……"

"我明白你的意思,你要我讲究斗争的方式,注意保护自己,对不对?唉,史老师你还是太保守了,现在都是什么年代了,我告诉你,你经历过的'文化大革命',早就一去不复返了!"

"学校会开除你。"史真说。

"我不怕,此地不留爷,自有留爷处。大不了我回家种地去!"嘉木态度决绝。

史真摇摇头,拍拍他的肩膀,语重心长地说了句:"你好自为之吧。"

这天一上班,史真特意找到了当天的报纸,果然,一个整版都是有关这次事件的报道,好家伙,这可是个大动作啊。看来,学校这次惨透了,别想通过这次评估了。

果然,因为此次事件的影响,评估专家组推迟了入校检查的时间。史真本来想等评估结束以后,再进行博士生的开题工作,现在看到这个情形,就不打算再往后推了,他要尽可能多地给王华和张秦留一点做论文的时间。

论文开题时间定在下周一,除了国内的几位同行要来以外,维纳斯唐正好来国内开一个学术研讨会,他也答应前来参加论证。所以这次开题论证的专家阵容相当强大,不但王华和张秦感到了压力,连史真都不敢大意:王华和张秦是他指导的博士生,要是有什么不妥的地方,就会在权威面前贻笑大方。当然,作为同行,估计这些老友也不会太较真,特别是维纳斯唐,和王华还有那么一段浪漫往事,肯定要手下留情。但越是这样,作为指导老师,史真越是要严格要求,争取最好的结果。

江防作为学校迎评工作职能组的重要成员,没有时间参加开题工作。何采全权负责接待,他提前两天就定好了餐,安排好了住宿。算上维纳斯唐,史真一共请了五位专家,人数不算太多,很好安排。一切工作准备就绪,五位专家先后从北京、上海和洛杉矶飞抵川城,何采从学校后勤租用了一个考斯特,用来接送专家。最后一个下飞机的是维纳斯唐,史真和何采在机场迎候,王华主动要求前来接机,史真不好阻拦。何采不知道王华在洛杉矶发生的情事,背地里还一再暗示史真:王华来机场是不是不太妥当?史真只笑不答。

飞机落地,舷梯缓缓降下,维纳斯唐头戴礼帽,一身洁白,出现在史真面前。老家伙还是那么优雅!史真一见面就开玩笑,王华在后面听了,脸色微红。维纳斯唐高声说着 Hello, Hello,一一和他们来了个拥抱,轮到王华,他稍微犹豫了一下,拥抱的时间略显短暂,利用这短暂的接触,维纳斯唐附在王华的耳边说了句英语,王华听了,脸色艳若桃花。史真看在眼里,大概猜到了那句英语的意思,心里掠过一丝酸酸的味道。

专家悉数到齐,晚上实验室给他们接风。江防仍然没有参加宴会。何采、史真、王华、张秦和五位专家在川城最好的希尔顿大酒店觥筹交错,推杯换盏。何采定的是豪华包间,包间里灯光璀璨,一盏水晶大挂灯从房顶垂到桌面,一张大饭桌占去了整个房间的三分之一,余下的地方可作舞场。如此宽敞的地方让人感觉很有派头。希尔顿的菜以粤菜为主,另加淮扬菜系;酒用的是百年张裕红酒,入口即化,绵软悠长。按说这样的宴会,不应该让参加开题的学生参加,导师要向专家们介绍开题的大概情况,涉及的当事人应该回避。但考虑到维纳斯唐和王华的关系,史真还是让王华参加了。既然王华都参加了,那张秦也得参加,别说他和史真还有一层亲密翁婿关系,就是没有,史真也会尽量在两个学生之间寻求平衡,不能让他们中任何一个说自己偏心眼。

中国酒桌文化源远流长,其好处也是立竿见影。几位专家本来和史真都是不错的朋友,大家在一起都放得很开,这酒喝得渐渐有些高了。史真也难得地放开了喝一回,酒一多话就多,他看到维纳斯唐和王华眉来眼去,差点忍不住把他们的风流韵事抖出来。王华比较机灵,生怕史真要酒后吐真言,赶紧找个机会给他敬酒,把他的话给堵了回去。何采因为要维纳斯唐推荐发表职称论文,也频频和他碰杯,说尽了恭维话。几杯酒下肚,维纳斯唐拍着胸脯保证:"发表论文没问题!包在我身上!"他越喝兴致越高,打量王华的眼光越来越肆无忌惮。王华就坐在他的旁边,维纳斯唐不顾众目睽睽,时不时做出一点出格的举动来。

嘻嘻哈哈了一个晚上,开题的事儿一个字没提。夜半,秋风冷。史真酒醒了大半,看看各位同行,醉不成样,有失知识分子体面,赶紧宣布散席,以保证明日准点开论证答辩会。何采安排各位专家就地在希尔顿住宿休息,史真特意嘱咐何采要给维纳斯唐单独安排一个房间,因为来了五位专家,正好一个人要落单,何采也没作太多的猜测。安排完毕,四个人打道回府。王华支支吾吾、犹犹豫豫,史真见状,笑着对她说:"你不是住在城东吗?你单独打个车走吧。"黑夜中,何采看不到王华羞得通红的脸,只发觉王华神态有点异样。等三个人上了车,车子发动,史真透过车窗回头看看王华,人已经消失在希尔顿门口。他呵呵笑着摇了摇头,说了句:"也是一对苦命鸳鸯啊。"

这话张秦明白,何采却摸不着头脑。想问个明白,史真已经靠在车座后面发出了轻微的鼾声。

第二天,论证会准点开始,各位专家对两位学生的开题报告予以高度评价,一致认为史真指导有方,如果论文按时结题,他们将集体签名推荐参加全国博士论文评选。有了老友们的保证,史真心里就有了底。下午安排各位好友参观本市的风景名胜,晚上的聚餐难免又是推杯换盏。有了维纳斯唐昨夜的滋润,王华脸色更加楚楚动人,举手投足间又多了几分姿色妖娆。

没有不散的宴席。开题论证结束,各位专家陆续开始打道回府。史真一一把他们送上了飞机,轮到送维纳斯唐时,史真看到王华有些失落,维纳斯唐做依依不舍状。史真悄悄地叮嘱这位风流倜傥的老友:"赶紧想办法把心上人娶到身边!不要再上演现代鹊桥会了!"维纳斯唐点头说:"等她博士学位到手,一定兑现诺言,这期间还需要你老兄帮着看管看管。"维纳斯唐边说边盯着王华看。史真哈哈大笑,说:"放心放心,但我只能保证短期的安全,等她一毕业,我就不能黑手遮天了!"两位老友在这边开玩笑,那边王华不知道发生了啥事,眼睛依然是含情脉脉,顾盼流离。

  维纳斯唐登上了飞往深圳的飞机,去参加他那个高层学术论坛了。

十九 评估

贞子一放学回来就把自己关在屋子里，呜呜大哭。史真不知道出了什么事，示意周刊去看看。周刊敲贞子的门，在外面喊："贞子，你怎么了？快把门开开！"贞子哭声越来越小，过了半天打开门，捂着脸去了一趟洗手间，然后愣怔怔地坐在沙发上，一言不发，目光呆滞。

史真猜想，会不会是因为张秦？他是不是知道了贞子遭遇强暴的事儿？现在距研究生入学考试只有不到半个月的时间了，贞子可不能再受什么打击了！周刊询问贞子到底出了啥事，贞子咬紧嘴唇，不说话。史真看看周刊，周刊看看史真。史真站起来，说："我出去走一走。"

史真一走，贞子就俯在周刊身上放声痛哭，边哭边说："他知道了，他什么都知道了！他肯定要和我分手了！我该怎么办？妈妈，我不想离开他，我该怎么办呢？"

周刊抚着贞子的头发，鼻子发酸，眼睛里滚出两颗眼泪，没等泪水滑落，她赶紧拿手背抹掉。她早知道这事遮掩不住，早晚会被张秦知道，可她没想到会这么快。张秦是怎么知道的？

贞子情绪渐趋冷静，周刊给她洗了一条热毛巾，她接过来擦干眼泪，说："现在我和牡丹的事儿，学院里的同学差不多都知道了，不知道怎么传出去的。我和牡丹一直守口如瓶,这事儿谁都不知道,那天也没看见别人,这事儿很奇怪。张秦今天质问我:'被人糟蹋的究竟是不是你?'他一再追问,我没办法,只好承认了。他像一个疯子一样在路上大喊大叫,后来就默不作声。我问他是不是特别在乎这个,他没理我,丢下我回去了,我觉得我们之间可能要结束了。"贞子说着说着,忍不住又哭起来。

周刊想不出安慰女儿的话,只好陪着落泪。贞子兀自哭了一会儿,斜靠在沙发上睡着了。周刊拿了条毛毯,轻轻盖在她的身上,看着女儿泪痕满面的样子,心里涌上一股酸楚:贞子这孩子从小到大一直没受过什么挫折,谁能想到会出这样的事情?孩子不幸,父母担忧啊。

史真从外面回来,看到贞子在沙发上睡着了。周刊小声把贞子刚才的话重复了一遍,史真忽然来了气:"这个张秦,为什么在这个节骨眼上打击贞子?这不是要落井下石吗?"他在屋里走来走去兜圈子,转了几圈,他说:"我去找张秦!"

"现在都几点了,你去?"周刊提醒他说,"明天再问问他也不迟,他现在恐怕早不在实验室了!"

史真重重叹了口气。

第二天上班,张秦迟迟没有来。看看表,快九点了,史真问王华:"张秦到哪里去了?他怎么到现在还不来?"话音未落,张秦睡眼惺忪地出现在实验室门口,一副无精打采的样子。他精神恍惚,眼光发直,默默地进了实验室,也没和史真打招呼。

看到张秦这个样子,史真有些难受,也难为这孩子了,站在他的角度想一想,贞子出了这样的事儿,的确让他不好接受。王华看出张秦情绪不对,想关心关心,又不知从何问起。这时,史真叫她,说:"小王,你去一下何采主任的办公室,我这里有几张需要报销的票据,你交给他去处理。"王华说:"好的,我这就去。"她看了一眼形容枯槁的张秦,出去了。

史真进到里屋来,张秦见他进来,伏在实验台上就呜呜哭开了,他哭得很伤心,肩膀不停地耸动着。史真走过去,拍拍他的手臂,叹了一口气,说:"我知道你很难过,我很惭愧,没有早一点让你知道真相。我担心你接受不了这个现实,所以……现在,既然你已经知道了,还是坚强一点,不要被不幸击倒了!"

张秦停止了哭泣。

"昨天贞子在家里哭了一整夜,到现在还没起床。"史真说,"她比你更加不幸,更难受。"

张秦抬头看了一眼史真,不作声。

"你是不是一定要和贞子分手?如果是这样,我也不会责怪你,不过我觉得你这样做不值得,当初你们两个人谈恋爱,我之所以没有坚决反对,就是因为看到你们有真感情。如果你现在要和贞子分手,那说明我看走眼了,你们俩并没有什么真感情。"史真叹息着。

张秦站起来,说:"贞子现在在家吗?"

史真点点头。

"那我去找她!"张秦说着往外走。

史真在后面追他,说:"你想好了,别勉强自己!"

张秦点点头:"我想好了!"他向家属区跑去。

史真看着张秦的背影,轻微叹息了一声。他不知道张秦是否真的能够超越这样的不幸,和贞子有始有终。

王华从何采那里回来了,手里还拿着一沓子票据,说:"没找到何主任,他不在办公室。"

史真嘟囔了一句:"这小子,上班时间不在办公室待着,跑哪里去了?"

"今天教育部专家组进校,他是不是也在忙这个?"王华提醒他。

史真醒悟过来,说:"差不多,全校中层干部都行动起来了,学校要弥补前一段时间嘉木状告学校造假造成的恶劣影响,想在这次评估中顺利过关,不得不加强各方面的工作力度。"

"有了那么恶劣的影响,想挽救恐怕也难。"王华说。

史真点点头:"也不好说,看学校怎么做工作了,评估专家也是人啊,是人就有弱点,工作做到位了,再难的问题也能解决。"

张秦不在,实验室里只剩下史真和王华两个人。王华没急着去里间实验室,而是在史真对面的沙发上坐了下来。史真感觉出来她有话要说,故意把脸转向窗外。外面起了风,地上的落叶被风卷起,在空中不停地打着旋儿。

"今儿个这风够大的,"史真说,"早上还很晴朗的天气,说变就变了,这下可要苦了那些专家组的领导了。"

王华笑笑,说:"正好给学校提供表现的机会啊。"

"你倒是挺聪明的,以后是当领导的料。"史真开玩笑说。

"我才不当什么领导呢!"王华说,"我正想和您商量我的事儿。这次维纳斯唐来学校,我和他又深入聊了聊。"

她说到这里停顿了一下。史真不说话,等她接着往下说。

"他说等我拿到博士学位,就帮我办出国手续,他想让我到美国去发展。我也有这个想法。"王华说。

"这很好啊,你上次和我说了这个意思,我说过很支持你。"史真吹吹茶杯里的茶叶,喝了口水,"不过,你要想好了,一方面发展事业,另一方面还要兼顾感情。你如果喜欢维纳斯唐——我这个老朋友除了年纪比你大很多,倒也没别的什么缺点——就到他那边去。否则,还是再思考思考,慎重一点。"

"这个我知道。"王华笑着说,"我已经有过一次不怎么成功的婚姻了,在感情问题上,我会慎之又慎的。从我对您的感情,您大概也看得出来。我不是那种不理智的女人,在洛杉矶和他也不完全是一时冲动。我从小就失去了爸爸,对父爱有一种很强烈的渴望,所以我喜欢比自己大的男人。如果到美国去,就嫁给维纳斯唐,我想好了。"

史真点点头,重新把脸转向窗外。王华看不到他脸上的表情,愣了一会儿。她看看表,到下班时间了。她对史真说:"该吃午饭了,史老师,我先走了。"

史真转过身来,点点头说:"好。"

王华披上风衣,拿着她那个漂亮的坤包——在国内很少能见到这样别致的包,大概是维纳斯唐这次从美国带给她的——袅袅娜娜地走了。史真看着王华婀娜多姿的身影,心窝口像是堵了一块石头似的,沉沉的,还有些微的疼痛感。人生不如意者二三,月有阴晴圆缺,此事古难全啊。人有时候必须学会割舍,舍得舍得,有舍才有得。为了维持稳定的现状,为了家庭的完整,史真必须克制住自己的感情。

学生们下课了,蜂拥着往食堂奔。张秦还没有回到实验室来,史真想给他和贞子多留一些时间,一个人在实验室里安静地坐到差不多十二点钟,估摸着周刊差不多把饭菜做好了,才起身回家。

有三三两两的学子从食堂吃饭回来,说说笑笑,满脸的青春飞扬。史真不急不慢地走着,路过行政大楼,看见小董正从里面出来,老远就和他打招呼。史真稍微放慢了脚步,等她赶上来。

小董开口便笑:"史老师今天这么晚啊。"

史真笑笑:"你不是也这么晚吗?"

"哈,今天专家组进校,我们全体机关人员加班。"小董显出一脸的疲惫,说,"你看看,我眼睛都有黑圈圈了。"

"嗯。这专家组一进校是够你们忙活的。又偏偏赶上这大冷的天,专家们也受罪啊。"史真说。

"他们受什么罪?"小董一脸不屑,"他们这边一下飞机,学校就给他们每人准备好了一件高档保暖内衣,冷不着他们!"

"哦,工作做得够细致的,不错,让专家们身上温暖,心里暖和,就能给咱学校打高分了。"史真哈哈笑。

"还不止这些,学校还给专家组每个人配备了一台索尼笔记本电脑,那种小款的,新品种。"小董边说边比画着笔记本的大小,"学校这次投入了几十万呢。此外,每个专家跟一个联络员,主要负责沟通协调工作。总之,这次工作做得很充分,为了顺利通过这次评估,学校下了血本。"

两人说笑着,各自回了家。

一进家门,史真就看到贞子和张秦肩并肩地坐在沙发上看电视,看起来他俩已经重归于好了。周刊在厨房里忙活着,听见史真的声音,在厨房里朝他喊:"老史,快过来帮我择菜!"

张秦听到周刊的吆喝,站起来要去厨房帮忙,贞子一把拉住他说:"不用你去。"史真笑笑,对张秦说:"你坐吧,陪贞子说会儿话,我去就可以了。"

张秦点点头,脸红得像熟透的富士苹果。

二十 辞职

自从和那些老头老太太一起晨练,史真感觉自己的身体越来越好,浑身有使不完的劲儿。和周刊亲热的次数明显增多,质量也明显提高。以前上去一会儿就呼哧呼哧直喘,现在整个过程全程掌握一气呵成,简直是庖丁解牛,游刃有余轻松自如。以前,感觉是莽撞有余从容不足,体会不到这种至高的境界。看起来还是那句老话说得对,身体好才是真的好。

史真一般不参加老人们的聚会。老人们也没有勉强他,任他来去自由。即便是这样,时间长了,史真教授"参加"这些聚会的事儿还是不胫而走,在校园里传得沸沸扬扬。这种事儿,说大不大说小不小,追究起责任来也是可大可小,可以上纲上线,也可以不了了之。

史真没想到会有人拿这事跟自己较真。

这天,他正在实验室忙着分析一个数据,江防不请而至。以前铊化合物中毒治疗研究的项目是他带着两个助手一起搞,现在王华和张秦在忙他们的博士论文,他一个人研究,进度不得不慢了许多,所以他有些急躁。偏偏又被不大到实验室来的江防打断了工作,史真阴沉着脸停下了手中的实验。

江防许久不到实验室里来,他脸色显出些许苍老,白头发似乎比以前也多了许多。不知道是因为迎接评估,还是其他原因,江防显出一副很疲惫很没有精神的样子。

江防进来也不坐,端着脸东瞅西望。史真以为他是来谈"报掉"实验项目的事儿,也不主动张口。

江防愣了一会儿,看看里间的王华和张秦,对史真说:"老史,到我办公室去吧,我有话要和你说。"

史真愣了一下,这个江防,有什么话不能在这里说? 他不知道江防要和自己谈什么,不好拒绝,只好点头同意。

江防前脚走,史真换下实验服,后脚上了楼。

江防的办公室史真很少来,他的办公室环境最好,房子向阳,还是个套间:外面办公,里面是休息室。办公室正中间摆放着一张宽大的办公桌,两个棕色的真皮单人沙发摆在办公桌侧面,墙边一个灰色的单人布艺沙发上面堆了一摞子书。紫色的窗帘遮住了正午的阳光,房间里有些昏暗。

江防在办公桌前坐下来,指指旁边的单人沙发。史真坐下来,等他开口。

江防不着急说话,从办公桌底下掏出一盒烟,抽出一根,示意史真来一根,史真摆摆手。江防笑笑,自己点上了,开始抽烟。抽了两口,像是意识到了什么,他把窗帘拉开,打开一扇窗户。史真以前没怎么看见江防抽过烟,他是不是碰到什么事了?

抽完半根烟,江防开始说话了。他说:"老史啊,我知道你对我有意见,你觉得我是个贪钱的腐败分子,对不对?"

史真不说话。

"其实呢,你这样看我我也不介意。"江防接着说:"我的确利用'报掉'实验项目的机会争取了上面的不少资金。可是,你不知道,我这也是没有办法。作为学校老资格的处级干部,我还是有一些觉悟的。我年龄比你大得多,眼看就要二线了,可以回家抱孙子了。我为学校做了一辈子工作,可以说,我比吴关校长在学校待的时间还要长。学校十年前就把我作为校级后备干部培养,可是,一直到今天,还没有给我解决校级待遇问题。十年啊,一个人有几个十年? 就为了这个校级干部,我浪费了多少大好年华! 我本来可以到北京去,也可以到上海去,到哪里都比在这个破学校强啊。我没走,一直在等学校给我落实承诺。一年一年过去了,我的头发也白了,眼看就要退休了,我终于灰了心。现在学校提拔干部都要求高学历高职称,我干了一辈子工作,年龄大,哪有时间去读书? 去拿学位学术论文,那个东西也不是我的长项啊。没有博士学位,没有正高职称,学校根本就不会再启用我! 他们以这个理由来搪塞我,把责任都推到了我身上,好像是我错了似的! 可我有什么错? 我在默默做工作,为学校发展做贡献。学校不理解我,不用我,也就罢了,可连我的女人我的孩子都不承认我,他们说我干了一辈子革命工作,到头来什么也没得到!"

江防越说越激动:"我实话告诉你老史,我也不怕你笑话,这几年我和金玉睡觉都睡不踏实,这么些年了,也真是有些审美疲劳了,如果我告诉你我们有好几年没做过了你相信吗? 当然我们年龄大了,但我这个年纪,还是有这方面的需求的。主要是她也看不起我,从来不主动。后来我碰到了徐蓝,她欣赏我,喜欢我,我和她在一起有信心有感觉。可人家毕竟是二十几岁的小姑娘,我都是一把年纪的老头子了,人家凭什么要跟我在一起?我不能对不住人家啊。给她买别墅是我主动提出来的,并不是她的要求。所有这些,靠我的那些收入能解决吗?"

史真沉默。他开始理解江防为何贪心不足了。他有点儿同情江防。这个年逾半百快到耳顺之年的老革命,思想上受了很大打击。史真相信这样的人在学校里不在少数,也许,自己应该对他宽容一点。

"我把心里话都告诉你了。"江防叹了口气,"我不奢望你能理解我,但希望你不要看不起我。"

史真说:"我能理解。"

江防笑笑,说:"我今天叫你来,还有件事情,这件事我本来不想说,但有人让我必须跟你说。"

史真愣了一下:"什么事儿?你说吧。"

"有人说你在参加一些不该参加的聚会,你是咱们实验室的支部书记,应该有这个觉悟。"

史真腾地一下子站起来:"你这话是什么意思?让我辞去支部书记吗?"史真刚刚建立起来的对江防的那一点点好感一下子就消失得无影无踪了。

江防笑着说:"老史,你就是个急脾气!没让你辞去支部书记啊,我只是在提醒你,没有别的意思。"

史真在气头上,什么话也听不进去。他冷冷地说:"那我谢谢江主任了，你的好意我心领了。"他说完就往外走。

江防在后面喊："老史老史……"

史真装作没听见。

江防重重地叹了一口气。

算来算去，史真也算是个老党员了。回想起自己入党的情形，他那时候还在读大学一年级，班里已经有好多党员了。一些从基层考上来，年龄大一点的都早早地在基层入了党，由于党员数量多，他们在班级里建立了党员之家，经常搞党员活动。和他们在一起学习，朝夕相处久了，史真渐渐为自己不是他们中的一员感到惭愧。由于自己不是党员，一些党员活动他就没有资格参加。那届学生里面史真的年龄最小，他特别想要求进步。有几个学生党员知道了他的想法，积极鼓励他写入党申请书。他熬夜认认真真写了十几页纸，郑重其事地交给了党支部书记。其他班党员少，党支部书记都是班主任老师当，他们班党员多，书记由年龄最大、思想最红的向阳红同学担任。向阳红很负责，他接到了史真的入党申请书以后，每隔一段时间就主动找史真谈话，还让支部那个漂亮的女宣传委员把谈话的内容做了记录。在向阳红的鼓励督促下，史真坚持每周写一篇思想汇报，还在班级各种大扫除中刻意表现自己。不到半年，他就被发展为入党积极分子了，到学校里的党校上了一个月的党课，很顺利地拿到了结业证书。然后他就被发展成预备党员，预备了一年，就没有任何悬念地顺利转为正式党员了。那时候十一届三中全会刚刚召开，中国开始步入改革开放的时代，中国大地一片欣欣向荣的景象。在这个时代背景下，史真成为光荣的中国共产党党员,他满怀壮志豪情地憧憬着美好的未来。毕业前夕,党支部书记向阳红在他的毕业留言册上写道:史真同志,你要记住自己是一名光荣的共产党员,要在以后工作中严格要求自己,做人民群众的公仆,做一颗革命的螺丝钉,在为人民服务中大展宏图!

史真放下茶杯,他在图书馆走廊里遇到嘉木,小伙子看上去有些憔悴,不像以前那么有精神了。史真跟他打招呼,他显得有些木讷。史真看到他手里拿了一摞子书,笑着问他:"来借书?"

嘉木摇摇头,说:"我现在看书不用借了,可以天天看!"

史真大吃一惊:"你的意思……"

嘉木笑笑:"我现在已经是图书馆馆员了,负责清理书架,想什么时候看就什么时候看。"

"你不是文学院的老师吗?怎么成了图书馆馆员了?"史真不解。

"哈哈,还不是因为我起诉学校,迎评一结束,他们就把我弄到图书馆来了!"嘉木还是微笑着,"不过这也是我自愿的,我喜欢看书,调到这里来正好!"

史真不说话了。学校来这一手,大约也在他的预料之中。嘉木捅了那么大一个娄子,这次评估能不能顺利通过还很难说,不把他"请"出学校就不错了!把他弄到图书馆来,让他安安稳稳地做个书呆子,倒也算是"法外开恩"。

二十一 差错

周末,一个网络歌星要到学校里搞一个歌友见面会,这几天校园里到处都是这个女歌星的大幅照片,海报上的那个女人看上去十分幽怨。这年头通过网络唱歌也能出名,而且一下子就红遍全国,真是不可思议。这天晚上,贞子早早地吃完了饭,打电话给张秦,说:"你在学校礼堂门口等我,我马上就到。"史真在一旁听到了,说了句:"都快考试了,还去看什么歌星?"贞子做了个鬼脸,说:"这是周末,老爸,就不许人家放松放松?再说今天来的是我最喜欢的一个歌星,她的歌大学生都很喜欢,如果幸运的话,说不准还能让她给签个名呢!为了能占到一个好位置,我得早去一会儿。"贞子说完一溜烟跑出去了。

史真摇摇头,叹口气,对周刊说:"你看,现在的孩子都这么追星,和我们那时候一点儿不一样,我们要追也是追毛主席,哪像她们!"

周刊笑笑,说:"都是什么年代啦,今非昔比嘛。听说这活动是学校团委牵头搞的,既然学校都支持,孩子去看看也是正常的。"

"学校团委牵头?好家伙,看样子这歌星还真有点来头。等会儿散步的时候我去学校礼堂瞅瞅,到底是一个什么样的歌星!"史真起身去阳台换了双球鞋,问周刊:"你去不去? 老待在家里不出去锻炼可不好。"

周刊看看表,说:"那你等我一会儿,我收拾一下碗筷就去。"

史真说:"那你快点,我在楼下等你。"

史真下了楼。几分钟后,周刊也下来了,两个人顺着学校的小路向学校礼堂走。礼堂在图书馆旁边,是一栋古色古香的仿古建筑,算是学校较老的楼了。那里传来阵阵音乐声,响声震天,一片喧嚣。史真深有感触地说:"你看看,这哪里还像个大学的样子?"

周刊笑,说:"大学应该是什么样子? 现在的大学不都这样吗?"

"大学是学习做学问的地方,应该安静一点。什么歌星啊影星啊,都不应该成为大学欢迎的人。现在倒好,大学都成了引领潮流的时尚社区了!"

周刊知道史真的倔劲儿上来了,不接他的话。两个人靠近礼堂,看到那里人山人海,好像学校里的所有的学生都集中到这里来了似的。学校保卫处十几个保安在那里维持秩序。人太多,现场有些骚乱,学生们争着抢着往礼堂里挤。史真担心起贞子来,现场这么乱,她别被伤着了。周刊说:"有张秦陪着她呢,你就放心吧。"史真点点头。嫌这里太吵,两人顺着学校林荫小路,向远处走去。

想一想,史真、周刊两个人一起散步的时间不是很多。周刊平时不怎么锻炼身体,这几年发福得特别明显,小腹上的赘肉明显增多。年轻的时候,史真一胳膊就搂到她身子底,现在周刊肚皮上的肉也松了,弹性也没以前好了,如果说以前趴上去像一层弹簧,现在就是一层海绵了。史真对周刊说:"你今后得加强锻炼,我们这个年纪血压、血脂什么的都偏高。"周刊笑笑,甩甩胳膊,说:"好啊,从明天起,我跟你一起去找那些老头老太太!"

两人在校园里慢慢走着,经过史真每天晨练的那片小树林。

夜色渐浓,上了一层薄雾,空气中弥漫着一股清新酸苦的味道。除了礼堂那边隐约传来的喧嚣声,校园里一片静谧。史真叹息了一声:"给上边写信,信竟然能被退回到当事人手中,这样下去,还有谁敢写举报信!江防这个老油条明着要和我交心,暗里却给我搞鬼。他树大根深,枝叶连着学校领导,估计谁也动不了他。我倒是不怕他,实在不行,等贞子出国了,我们就换个单位,现在各大学都在想方设法引进高级人才,我史真大小也算个专家吧,找个下家应该不算是难事。"

周刊不作声。

"你怎么不说话?"史真问。

"在这里待了二十年了,还真有点舍不得离开呢。你要是还能忍,就再忍几年,眼看就要退休了,消停点,过几年安稳日子呗。"周刊说。

"退休?早着呢。教授六十岁才退休,我带博士生肯定要退得更晚。我这个年龄,要调走赶紧走,再过几年,年龄偏大了,真成了老朽了,就真没有学校再要了。"

"听说学校要给专家教授安排新房子了。专家楼马上就要竣工,以你的资格,应该给咱们一套,住房条件肯定比现在要好得多。"

"现在哪所大学给教授的待遇都不差,有的光科研启动费就有几十万。树挪死人挪活,到了不能忍受的地步,我们就走。"史真下了决心。

周刊不再说话。

两人不知不觉走到小土山,看着不远处灯火通明的工地,勾起了伤心事,贞子就是在那里被民工强暴的。

离开这里,也许对贞子有好处。史真心里想。

贞子很晚才回来,她一脸的兴奋,一进屋就激动地给周刊描述歌友会的情景,还掏出了歌星签过名的小本子,得了宝贝一样眉飞色舞。"她哪一点都好,就是架子太大,她竟然会迟到,让那么多的粉丝等她,演唱会整整推迟了一个小时才开始。"贞子说。

托福考过去以后,贞子的压力大大减轻了,研究生入学考试月底举行,贞子信心十足。到国外去读研究生的入学考试难度比国内要低得多。张秦的博士论文也已经顺利完成了一半,这一段时间,张秦和贞子像是要拼命抓住什么东西似的,没事就厮守在一起。如果贞子考试顺利过关,春节以后就要去美国了,两个人从此要分隔两地。贞子怂恿张秦跟着她一块儿出国,再读个博士学位。张秦心有所动,但一直没下定决心。

周刊好几次看到贞子和张秦躲在家里,两个人闹出很大的动静。她担心贞子,悄悄提醒她说:"要小心身体,就要考试了,不能在这个节骨眼上出什么差错。"贞子满不在乎地说:"没事,我知道怎么做。"周刊的担心不是没有道理,年轻人在一起,冲动的时候多数顾不上什么后果,只管一时痛快。她最担心贞子在这个节骨眼上意外怀孕,做妈妈的知道女儿例假的日子。上个月她是13号,那天她把卫生间弄得瞎脏,还是周刊打扫的。按说这个月早该有动静了,可还迟迟不见她使用卫生巾。这可不是个好兆头,万一怀上了,可要影响到她考试了。当然,例假推迟的原因也有可能是压力太大,但看贞子满不在乎的样子也没啥压力啊。

越怕出什么事就偏出什么事。这天贞子一进家门就往卫生间跑,哦哦地大吐不止。周刊听见贞子的呕吐声,心里咯噔一下,她心说坏事了,贞子恐怕是怀孕了。她放下手里刚织了一半的毛衣——这是特地给张秦织的,贞子不会做这些,只好由她代劳。周刊担心地问脸色煞白的贞子:"从什么时候开始恶心的?"

"昨天。"贞子痛苦地说道,"我不会是真的……"

"你不是说知道怎么做吗?怎么还出了事?"周刊心疼地看着日渐消瘦的女儿,责怪她。

"就有一次,在外面,他那天喝了酒,非要,我以为没事,不在排卵期,就……谁知道一下子就这样了。"贞子后悔不迭。

"你小姑娘懂什么!还不在排卵期,你知不知道排卵之前更容易怀孕?还就一次,你以为还要几次?这么不懂事,正好又在考试前夕,这要是让你爸爸知道了,还不着急死!"周刊说。

"妈,你可千万别让爸爸知道了,我保证不会影响考试还不行吗?"贞子很担心,脸色更加惨白。

"张秦知道吗?"周刊问。

"不知道。我今天才这么剧烈反应,昨天我以为自己吃了什么不干净的东西呢,老想吐。"

"你上次来是不是 13 号?"

"好像是。那次量特别大。"

"做手术要等到四十天以后,正好在考试期间,怎么办?"周刊着急起来。

"那就等考完试。"贞子怯生生地说。

"考完试就晚了,长得越大做起来越疼啊。你这个孩子,哪知道这个手术的厉害!"周刊急得直跺脚。

"我们班有几个女同学去年做过,说现在科技发达了,有无痛的,往上面一躺,一会儿就下来了。"贞子低着头说。

"啊……你们……唉,你们这些孩子啊,太不懂事了!你们竟然……"周刊有些语无伦次。

贞子不敢吱声了。

史真推门进来,看看脸色极不自然的母女,奇怪地嘟囔了一句:"你们两个站在那里干什么?"

周刊说:"没什么,和贞子说话呢。"

贞子赶紧钻到了自己屋里,把门关得严严的。

"这孩子,今天有些奇怪。大白天,睡什么觉?"史真说。

"可能是太累了吧?临近考试了,她压力太大。"周刊去厨房做饭了。

史真点点头,一屁股坐在沙发上,大声对周刊说:"学校的专家楼就要分配了,今天开始统计人数,我也报了名,不知道能不能批。"

"哦。"周刊答应了一声。

她的反应有些平淡，出乎史真的预料。

"你不是盼望着学校能分给我们一套吗？"史真凑到厨房门口，问周刊。

"还不知道给不给呢，我高兴这么早干吗？"没听人家说希望越大失望越大吗？周刊说得倒也有些道理。

史真兀自愣了一会儿，帮着周刊洗菜了。

吃过晚饭，贞子早早地上床睡了。史真照例出去散步，他问周刊今天还去不去。周刊说："不去了，我有点累，你自个儿去吧。"史真说："你这样三天打鱼两天晒网的可不行，锻炼不出来效果。"周刊笑笑。史真换上运动鞋，自己出去了。

周刊想在家陪陪贞子。她还没想好到底要不要把这事告诉史真。这不是一件小事，万一他知道了她们故意瞒着他，他会很生气。周刊在贞子房间里坐了半天，一直在做思想斗争。最后，她决定还是要把真相告诉史真。

史真出去走了几圈，出了点汗，回到家洗了个热水澡，看了一会电视。最近中央电视台的一个栏目《百家讲坛》正火得不行，一个人文学者在讲三国。史真一向对历史有点兴趣，虽说这个学者讲史很有些"无厘头"，但口才还不错，有些见解还蛮有道理。史真看得津津有味。

看完电视，史真打了个哈欠，伸了个懒腰，回卧室睡觉。周刊半躺在床上，正睡眼惺忪地等着他呢。史真以为今天有什么安排，乐滋滋地钻进了被窝，说："等我呢？"周刊叹了口气，说："我给你说件事，是关于贞子的。"

"贞子怎么了?"史真很警惕。

"你先答应我不要责怪她。"周刊先要史真保证。

"好好好。你快说,贞子到底出什么事了?"史真很着急。

"她……"

"到底怎么了?"

"她怀孕了。"

"什么?!"

"她怀孕了,今天刚发现。"

"是谁的?"

"你这话是什么意思?"周刊不解,"除了张秦还有谁?"

"要是张秦的就好了。"史真陷入了沉思,掰着手指算了算,说,"她在土丘出事那天正好在四十天前。"

周刊呆住了。她算了算,也拿不准了。她一下子坐了起来。史真问她去干什么,周刊说,她去问问贞子,到底是不是张秦的。

"你别问了!"史真拦住周刊,"她一个孩子,怎么会清楚这种事情?"

"那你说怎么办?"周刊急得额头直冒汗。

"还能怎么办?悄悄弄掉吧。"史真叹了口气,说,"别让张秦知道了。"

周刊点点头。"可是她眼看就该出国考试了,做手术要耽误好几天呢。"她说着默默地抹起了眼泪。

"那就等考完试再说吧。明天早上我去告诉张秦,这些日子不要来找贞子了,我就说她这段时间需要安心复习。"史真拍拍伏在自己身上小声啜泣的周刊,"睡吧,别哭了,哭也没用。"

二十二 流产

进入寒冬腊月,天气变得一天比一天寒冷。这天夜里史真和周刊两个人睡得特别沉,醒来的时候已经快八点钟了。"可能是下雪了。"史真对周刊说。他边说边穿上棉拖鞋,拉开卧室的窗帘。外面果然是一片银白,窗外的树枝上满是积雪,不远处的草坪已经变成一片洁白的盐滩。"好一个银装素裹的世界!"史真精神莫名地振奋。周刊去叫贞子起床,她此时还沉浸在睡梦中呢。

吃完早饭周刊急匆匆地去上班,临走催促史真和贞子快点吃。贞子看看时钟,第一节课已经晚了,她在犹豫着到底还去不去。史真看她左右为难的样子,说:"不去就算了,反正在家也是复习。"贞子看看史真,点点头:"爸爸放心,我会顺利过关的。"史真起身穿上外套,对贞子说:"我去实验室了,顺便替你请个假,你在家好好休息、看书。"

史真下楼时,看见小区的管理员正在清扫楼道口的积雪,隔壁的老张也拿了个大扫帚在那里吭哧吭哧地帮忙。他看见史真,说:"看这雪下的,真厚!"史真说:"可不是,这种天您老人家可要小心点!"老张直起腰来,说:"昨天广播里说今天晴天,全说反了,天气预报!不过下雪也好,一到雪天我这老头子就特别有精神。"史真哈哈笑起来："您老今天就别出去打拳了,扫扫雪,就当锻炼身体。"老张说："那是那是,你老嫂子也叮嘱我了,去年下雪她摔了一跤,摔断了腿,我可不想重蹈她的覆辙。"这老头真是想得开,史真边往实验室走边想。他又想到贞子怀孕的事,禁不住皱紧了眉头。这事不能让张秦这小子知道,万一不是他的,他可能会离开贞子。这事要是和上次贞子遭遇不幸联系起来,他肯定会多想。他现在正在全力以赴地做论文,还是对他保密好。

中心大道上的积雪被学生们踩得面目全非,有的已经化成了黑色的污水。早晨,太阳露了一小会儿脸,后来又缩回了脑袋,气温重新变得很低,路面的污水结成了薄薄的一层冰,史真不得不走得很小心。迎面过来一个人,穿着一件黑色的风衣,大步流星地走在雪地上。是何采,刚从行政办公楼出来。他看见了史真,停下了脚步,扬扬手中的两本杂志,兴奋地说："维纳斯唐先生真够意思,一回去就把文章给我发了,而且还给了很大的篇幅。"他把杂志递给史真,说："我刚从收发室拿到的。"史真拿过来翻了翻,好家伙,整整十页,二万多字!而且是放在第三篇,分量是够可以的。他笑笑说："恭喜你了,这次评职称应该是没有多少问题了。"何采说："还不是因为老师推荐?等年后职称评过去了,我要好好请史老师吃顿饭。"史真摆摆手,往实验室走。何采突然想起来什么,追上他,低声问："听说你也向学校申请小高层专家楼了?"史真点点头,说："是啊,我看自己符合条件就报名了。"何采摇摇头说："我有个小道消息,刚听说的,学校可能听从了某些人的意见,你这房子拿到手的可能性不大,你要有个心理准备啊。"史真一愣,某些人的意见?他想了想,像是猜出了什么,笑笑说:"看来他们还在对那件事耿耿于怀啊!没什么,正好又给我一个理由。"史真的话何采听不大明白,史真也不解释,径自向实验室走去。何采看着他渐渐远去的背影,隐约感觉史真要出什么问题。

腊月天,时间过得很快。一场雪过后,又下了一场小雨。贞子参加了在本校举行的研究生入学考试,考试很顺利,加上本市以这种方式到国外读研的人不是很多,录取比例几乎是一比一,贞子非常顺利地考取了。考试结束那天,周刊悄悄带着贞子去了邻市的一家医院做了人工流产手术。贞子从没有受过这样的罪,从手术室出来,她一额头的汗水,走路时夹着双腿,迈不开步子。周刊看到女儿疼痛的样子,心疼得不行。她找了辆宽敞的出租车,让贞子平躺在后排的车座上。那天贞子哭了,哭了一路。

史真想在寒假前通过国际交流中心给贞子办好出国的所有手续,他找到国际交流中心的负责人沈超。沈超和何采是同班同学,听过史真的药用植物学课,也算是他的学生。老师亲自前来找他办事,他自然是尽力帮忙。半个月以后,史真拿到了贞子出国的签证和护照。从国际交流中心出来,史真长舒了一口气。他看着手中的两个小本本,意味深长地笑笑。

这天史真特别高兴,特地让周刊做了一桌子好菜,他还破例拿出了一瓶茅台,喝了起来。张秦也被喊到家里来,他的论文已经杀青,就等着答辩了。他陪着史真喝起了茅台,贞子和周刊开了瓶红酒,四个人围着热气腾腾的饭桌,频频碰杯。三杯酒下肚,史真打开了话匣子。他端起酒杯对贞子说:"来,贞子,爸爸和你干一杯!

祝贺你考试成功!"贞子红了脸,说:"谢谢爸爸!"史真一仰脖子,一杯酒刺溜下肚。周刊在一边提醒说:"老史,你少喝点,好几年没这么喝酒了,小心身子。"史真呵呵笑,说:"好几年没喝那是因为没遇到像今天这样开心的事!来,我敬你一杯!"周刊愣了愣,这个史真,今天是怎么了?她笑起来。贞子拿起周刊的酒杯说:"妈,爸爸敬你酒呢,快喝啊!"周刊没办法,端起酒杯和史真碰了一下。史真喝完酒嘿嘿笑,说:"也算是我感谢你了,操持了这么多年,大大的辛苦!"周刊说:"看你,没个正形。"史真说:"今天高兴,放得开。"他又和张秦碰杯,语重心长地说了句话:"等论文答辩一过,拿到了博士学位,你也可以出国,将来如果能和贞子一起在国外读书更好!"张秦红了脸,说:"我也这么想过,可是父母年纪大了,不知道能不能走开。"史真就不再说什么。贞子盯着看了张秦一会儿,黯然神伤。

  吃完晚饭张秦离去时,外面又飘起了雪花,雪下得沸沸扬扬。雪团砸在窗户上,发出砰砰的响声。屋里已经供暖,温度很高。室内的热气在窗户上结成了各种各样的形状,贞子站在窗前,胡乱用手在上面画着什么。史真喝醉了,躺在沙发上,醉眼蒙眬地看着贞子,她在窗户上画出了好几张笑脸,笑容灿烂。

  元旦过后,春节临近,学校的小高层专家楼落成。那楼设计得确实很大气,就像法国巴黎的埃菲尔铁塔,耸立在学校的边缘,气贯长虹,直插云霄。据到楼里面看过的人说,专家楼户型设计得也很时尚,出自清华大学建筑设计院的名家之手,是建筑大师梁思成的关门大弟子,他设计的建筑都很有中国味。为了让教授们春节前就能搬进新楼,学校决定立即分配购买方案。

方案张榜公布那天,办公楼前人头攒动,头发花白的老专家老教授们纷纷前来看榜。因为价格低廉,全校许多教授都报名购买了。学校基本上是按照教授资历和成就来分配,这次公布的是第一批购房者。看榜的人有的喜形于色,有的摇头叹息,还有几个在骂娘。隔壁老张这次发榜没有见到自己的名字,他过于激动,骂了几句脏话。史真没有去看榜,虽然按照他的资历和威望,他完全可能第一批就拿到住房,但有何采的提醒在前,他知道第一批次很难有他。周刊不相信,专门跑去看了看,她盯着那张红纸看了三遍,也没找到史真的名字。她带着一肚子的委屈回了家。

一直到吃晚饭,周刊还在生闷气,她对史真发牢骚说:"无论从哪一方面来看,你都有资格拿到第一批住房,这学校也太不公平了!"史真笑笑,说:"别说第一批,恐怕第二批也危险。"周刊问他:"为什么?咱得不到第一批最好的楼层,第二批差一点的总该有我们吧?如果第二批也没有,那学校也太没有良心了!"史真不说话。他也寄希望于第二批能拿到购买权,如果说是因为自己给教育部写信学校有意见故意不让他进入第一批的话,那么第二批总该有他。如果没有,那就是明显有人在作祟。如果真的那样,他就辞去支部书记,江防不是说过他参加宗教活动吗?那他就辞职!大不了离开这个破学校,到别处发展。反正贞子已经取得了出国留学的资格,他也没有什么后顾之忧了。

一周之后,学校公布了第二批购房名单,周刊满怀希望地去看,依然没有史真的名字。隔壁老张倒是分到了一套,这次他不骂娘了,脸上笑开了花。周刊当时就哭了,她偷偷地抹掉了眼泪,没让别人发现,回到家一句话也不说,闷坐在沙发上发呆。

史真下班路过办公楼的时候,犹豫了半天,他考虑到底去不去看。看看四下无人,他走近发榜处,远远地看了一眼,没有找到自己的名字。他不敢相信,又靠近了一点,还是没看到自己的名字。他的心脏差不多要跳到嗓子眼了,正要上前再看一遍时,小董从办公楼走出来,她看到史真,尴尬地笑笑,只说了句史老师好,就匆匆忙忙走开了。史真明白了,榜上真的没有他,小董在校办,肯定是第一个知道这个榜的人,既然她没有向自己道贺,说明榜上没有他。史真极力保持着冷静,慢慢往家走。一股说不出的滋味泛上心头,史真咂摸着那味道,是苦味,一股恶心的味道。他想吐,却吐不出来。

史真回到了家,看见周刊坐在沙发上抹眼泪。她看见史真进来,哇的一声哭了出来。史真走过去安慰她,他拍着她的肩膀说:"哭什么?这么一把年纪了,还撑不住这样的事?"周刊抱着史真,边哭边说:"太不公平了!你为学校做了那么多贡献,为什么不给你住房!连隔壁已经退休的老张都分到了,却不分给你,这明摆着是欺负人哪!"史真拍着周刊的肩膀,笑笑:"都是因为那封信,我会继续和他们斗争的,毛主席说过,与人斗,其乐无穷,这话说得没错!"周刊不哭了,她安静下来。"也许我们该离开这里了。"她轻轻地说道。

今天早上,贞子和张秦去了黄山,他们各自完成了自己的任务,要好好庆祝一下。贞子不在家,家里显得冷清了许多。吃过晚饭,史真一直待在贞子的闺房,对着墙上的一张张明星画发呆。他抽起了烟,周刊看到了,没有去提醒。她把电视声音开到最小,有一搭没一搭地看着韩剧。十点钟,史真还不出来。周刊透过虚掩着的门看见他正在闷着头写东西。她已经猜到了史真在写什么,史真不是一个轻易认输的人,他在做最后的斗争。

第二天一上班,史真去了党委侯书记的办公室。侯书记不在,小董说他去市里开会还没回来。史真就把装有辞职申请书的信封交给了校办小董,请她转交给侯书记。小董不知道信封里装的是什么,史真只是一再说信里的东西很重要,要她尽快转交。她不敢怠慢,侯书记一回来,她就敲开了门,把信交给了他。侯书记看看信封右下角的落款,眉头一皱,说了句:"这个史教授,又在闹哪一出?"他拆开了信,看了一眼,腾地一下站了起来。

侯书记:我是重点实验室教授史真,经过认真考虑,我自愿辞职,现提出申请。我的理由如下:

1. 越级给教育部领导写信,举报我校存在的问题,致使学校名誉受到损害。

2. 对上级的领导缺少发自内心的尊敬和拥护,有时候故意"抗上"。

基于以上理由,向你提出申请,希望能得到批准。

申请人:史真
2006 年 1 月 10 日

这个申请让侯书记看得目瞪口呆！他马上意识到了问题的严重性。史真在申请书上说的全是反话，很明显有很大的情绪，看来最近学校的一些做法很让他伤心。侯书记拿起电话，拨通了江防办公室的电话，没有人接。他又拨了江防的手机，响了半天，才传来江防慌里慌张的声音。侯书记厉声呵斥说："马上到我办公室来一趟！"

江防不知道出了什么事，但他从没有见过侯书记发这么大的火。接电话的时候，他正和徐蓝在刚装好的别墅里折腾呢，听到手机铃声响他，还骂了几句脏话，说："这是哪一个不长眼睛的这时候打来？"他本想把手机关掉，可一看到那熟悉的电话号码，他吓出了一身冷汗，赶紧和徐蓝换了一下体位，稍事喘息了一下，小心翼翼地接了电话。侯书记没说找他有什么要紧事，侯书记在电话中严厉的声音让他不敢怠慢，放下电话，他让徐蓝快速结束了战斗，急急惶惶地去了学校。

江防一头扎进书记室，看见侯书记一脸严肃地坐在那里。他一看见江防就说道："你们实验室又出大事了！"

江防大吃一惊："出什么事了？"

出什么事了？史真教授要辞职！他是怎么回事？上次给教育部写信，这次又要辞职！

"啊……"江防目瞪口呆，"他真要辞啊？"

"怎么，你早知道他要辞？"侯书记很奇怪。

"我以前和他谈过。他当时不服气。"

"有这样的事？你这个主任觉悟倒是很高，可是你怎么能让他辞呢？这不是惹乱子吗？这样的事,要是传了出去,不知道比给教育部写信要严重多少倍!"侯书记说,"此事影响恶劣,千万不能让他辞职!你回去赶紧做他的思想工作。"

"这……"江防在犹豫。

"怎么了？有什么困难吗？"

"恐怕他不听我的。你也知道,他对我意见很大。"

"你是他的直接领导,你先谈一下,如果解决不了问题,我再找他谈,一定要解开他的思想疙瘩,我们学校不能出现这样的事件!你要在思想上高度重视起来。"侯书记边说边不停地用手指敲桌子。

江防回去了,硬着头皮去实验室找史真。

史真早上把申请交出去以后,感觉身上一阵轻松。这下好了,你们不是要我辞吗？我辞了,看你们怎么办吧。他一上午都在忙着铊中毒治疗实验的后续工作。江防进来,他连头都没抬。他知道江防肯定会来找他的,但没想到会来得这么快。

江防单刀直入,对史真说:"史老师先停一下,我有非常重要的事情想和你谈谈。"

史真笑笑说:"你不用说,我也知道你要谈什么,不用谈了,我已经下定决心了,谈也没有用。"

江防不甘心,说:"老史啊,你别这么倔啊,我以前说的话都不算数,那是开玩笑的啊,你可不能当真。"

"玩笑？我可不敢拿你的话当玩笑。我提出辞职是认真的,是考虑了许久才作出的选择。"史真仍然没停下手中的实验。

江防看看在里间忙活的张秦和王华,尴尬地笑笑说:"老史,咱们到楼上去谈吧,这里说话不方便。"

史真看看里间,说:"有什么不方便的?有什么话你尽管说。"

江防不说话了。愣了一会儿,他说:"老史你是不是对学校这次购房分配方案有意见呢?"

史真脖子一梗,说:"我有什么意见?我没意见!"

江防笑笑说:"看来咱俩是谈不拢了。"

史真不说话。

江防站了一会儿,觉得再说下去也没个结果,点点头,说:"你想好了就好。那我们就说到这儿。回头侯书记可能还会找你谈。"

江防去给侯书记汇报和史真谈话的结果。

侯书记听江防说了谈话的大致情况,没听完就拍起了桌子:"这个史真,太不像话了!就算是学校这次分房子没考虑到他,他也不能这样做啊!我看,这个人思想倾向有严重的问题!"

江防低头不语,沉吟了半天说:"史老师平时对待工作挺认真负责的,他就是看不惯一些事情,思想上还是很进步的,没有其他不好的迹象。"

"进步?他都这样了你还说他进步?他进步还要越级给教育部写举报信?我看你也是够糊涂的。"侯书记用手顺了顺自己全力支援中央的头发,笑着说,"不过你这个人气量蛮大的,他举报你,你还替他说好话。"

江防苦笑,说:"我这也是实事求是。"

侯书记摆摆手,无奈地说:"要是史真真下定决心,一门心思要这样做,恐怕我们也无力回天,就让现实来教育教育他吧。我本来还想找他谈谈,现在看来,似乎没那个必要了。我们先把这事放一放,也许过段时间他自己会反悔,到那时候,他会自己要回申请书的。"

江防点点头。

"史真这事暂时要保密,别往外传。"侯书记提醒江防说。

江防回去了。

二十三 老张

小道消息传播的速度永远比大道消息快,史真辞职的事儿,还是在校园里传开了。

这天,史真一上班,何采就急匆匆地赶来,他一进屋就拉住史真的胳膊,瞅瞅里间,看到王华和张秦还没到,才放下心来问史真:"听说你递交了辞职申请?这可是天大的大事啊,你怎么这么糊涂啊?"

史真不说话,只是非常奇怪地看了一眼自己这位在官场上摸爬滚打了几十年的学生。

何采知道自己说得太冒失了,赶紧换了口吻说:"我是替老师你着急啊。"

史真笑笑,站到了窗前,看着窗外熙熙攘攘的学生。

"你不要说了,你说的这些我都明白。"史真叹息了一声,对何采说出了心里话,"其实我也不想走这一步,但被他们逼得没有办法。我无法忍受我看不惯的东西,我想调走,此地不留爷,自有留爷处,天底下大着呢,我不想在这里待一辈子!我史真大小也算个教授吧,另谋生路,还是不成问题的。"

何采摇摇头,愣了半天说:"即便是走,你也不该这样做。"

史真笑了一下,拍了拍何采的肩膀:"放心吧,你老师到哪里都饿不死。"

这时,张秦和王华从外面进来,两人终止了谈话。何采见自己也劝不动史真,无可奈何地回办公室了。

史真发现今天张秦和王华看自己的眼光都有些奇怪,猜想,他们可能听说了自己要辞职的事。他想把事实告诉他们,一时半会儿又不知从何说起,只好作罢。他到了里屋,只对他们说了句:"好好把论文修改一下,我会找最好的专家来参加你们的答辩会。"他这话的意思,是要明确告诉自己这两位学生:他一时半会是不会离开这里的,他要完成自己作为导师的任务。王华明白史真的意思,用满怀深情的眼睛看了史真一眼,默默地给他泡了一杯浓茶,放在了他的办公桌上。张秦大概早就知道史真辞职的事情,他对此倒是看得很淡,没有什么明显的反应。但史真从他游移不定的眼神里面,还是看到了一丝担忧。

第二批分到房子购买权的老张喜笑颜开,他刚开始还不知道史真提出申请的事,和史真一见面就和他开玩笑说:"自己临到老还能离地升天,真是做梦也想不到。"后来他也听说了史真的事儿,不开玩笑了。老张下次碰到史真时,竟然对他竖起了大拇指,说:"老史你是真看开了,和你比,我是假道行呢,你比我的人生境界高得多!"

史真指指他手中的鸟笼子,一语双关地说:"你的云雀性子还那么烈吗?"老张摇摇头:"已经被我磨得差不多了,再也不敢反抗了,现在是一只很听话的鸟了。"

史真笑笑,上楼了。

随着最后一场雪的来临,漫长的寒假开始了。史真走在漫天飘舞的雪中,盘算着如何利用这个寒假,搞出点成果。今年的寒假放了一个多月,这是一个难得可以静下心来集中搞科研的时机。史真在川城没有什么亲戚,来往的朋友也很少。他不需要去做那些联络感情的工作,他想利用这一个月的时间在铊中毒治疗研究上取得最后的突破。

在短短不到一个月的时间里,一连降了三场雪。史真从小就喜欢雪天,一看到下雪,他就莫名其妙地激动。他看着被雪覆盖住的草坪,真想像小时候那样在上面翻几个跟头。他很少听流行歌曲,但对崔健的摇滚《快让我在雪地上撒点野》很是喜欢,那首歌唱出了他在雪天的感觉。走到楼梯口,他使劲地在楼道上跺了跺脚,水泥地上留下了他的皮鞋脚印,脚印四周铺满了碎雪。

史真进了家门,看到周刊和贞子坐在沙发上看电视,他瞅瞅厨房,嗅嗅说:"怎么,这才寒假第一天,你们就闹罢工了,不做饭了?"

贞子想出去度假,正缠着周刊要她说服史真一起去青岛过冬。史真一进屋,贞子马上闭上了喋喋不休的嘴巴,一边装出一副在那里老老实实看电视的样子,一边拿胳膊捅周刊。周刊没办法,对史真说:"贞子想出去旅游,一直在跟我说这事儿呢,你看……"史真看看贞子,说:"不是刚从黄山回来吗?马上就出国了,好好在家歇着,看看外语,为年后的出国做好准备。"贞子噘起了嘴说:"就是因为要出国了,才想把祖国的大好河山都看看嘛。"史真笑笑:"你以为你是要到国外定居啊,想黄鹤一去不复返了,是吧?"贞子笑。周刊也笑。三个人乐了一会儿,周刊突然脸一沉,抓住贞子的手说:"贞子啊,你不会真是一去不复返吧?"贞子笑嘻嘻地说:"哪有的事儿,美国绿卡没有那么好办!"史真在沙发上坐下来,说:"你要是真能在美国定居,我和你妈就去美国找你!"

三个人在那里憧憬着未来。外面的雪越下越大。

大雪下了一整天,夜里还没有停下来的意思,史真听着雪砸在地面发出的簌簌声,沉沉地进入梦乡。大约凌晨四点钟的时候,他听到敲门声,那声音一阵紧似一阵。不好,是老张!他在不停地喊:"快来人啊,救命啊救命啊!"史真一下子坐起来,叫醒周刊,潦潦草草地套上衣裤,一个箭步冲到客厅。这次他听得很清楚,确实是老张在那里求救。他打开门,看到老张的屋门洞开,他的老伴张嫂双眼紧闭地躺在沙发上。老张一看见史真,就哇的一声哭出声来,语无伦次地说:"她死了,她死了啊,都怨我,睡觉太死了,她没找到救心丸啊……"史真把手放到老张嫂的鼻子底下,她已经没了鼻息;摸摸她的脉搏,已经停止了跳动。老张嫂真死了。自从去年下雪天,她摔断了腿以后,行动多有不便,谁知半年前又患上了心脏病,真是雪上加霜。老张嫂不像老张,遇事想得开,她一辈子心事重重,没给老张留下一儿半女,晚年了,膝下甚是凄凉。现在她撒手西去,留下孤苦伶仃的老张,这以后的日子怕更萧条。

史真劝慰痛哭流涕的老张:"人死不能复生,你节哀顺变。"老张抓住史真的手,边哭边说:"她跟了我一辈子,没过多少舒心日子啊!她老觉得没给我留个后代,一辈子都生活在自责之中,是我对不住她啊……"史真拍拍老张的肩膀,说:"老嫂子今年才刚过六十,走得确实有些早了,但你也不能过于悲伤,毕竟年纪大了,还是想办法尽快善后吧。"

周刊和贞子都起来了,过来看发生了什么事。贞子不敢进门,就站在楼道里探头探脑的。史真对周刊说:"老张嫂子走了。"周刊鼻子一酸,掉下了眼泪。平时看两位老人孤孤单单地生活,觉得怪可怜的。现在老嫂子先走了,再也看不到她艰难走路的样子了。史真让贞子赶紧回屋睡觉,他和周刊留在老张屋里,谋划着善后事宜。周刊问老张有没有给老嫂子准备衣服,老张停止哭声,说:"几个月前,她刚买了一身新衣服,没见她穿过,就放在衣柜里面,我去找找。"老张在里屋找了半天,颤颤巍巍地拿出了一身新衣服。周刊接过来,见是蓝绸缎的裤褂,看来老张嫂子是早做好走的准备了。老张睹物思情,忍不住又呜咽起来。史真把他拉到里屋,让周刊给老嫂子换衣服。

老张和史真一样,都是外省人,没有什么本地亲戚朋友。史真问他办不办丧事,如果办,就要列出治丧名单,还要张罗告别仪式以及酒席。老张目光呆滞地摇摇头,说:"不办了吧,人都死了,再办也没什么用处了。"史真说:"既然这样,那我只帮着联系殡仪馆就行了。不过你是学校的老教师,人死事大,还是搞个告别仪式好,哪怕简单一点也行。"老张点点头说:"好。"

此时,天色已经有些微微亮了。史真也没有什么睡意,干脆和周刊一起陪着老张在客厅坐着,三个人各自保持着沉默。六点钟,史真回了一趟屋,找到手机,打电话给学校退休办公室主任赵华,简单说了一下情况,赵华说他马上就过来。身为退休办公室主任,赵华平时的主要工作就是侍候已退休的老头子老太太,给老人送终治丧的事儿,他不知道办了多少。他住得不远,十分钟就到了,一进屋就例行公事地安慰了一下老张,然后就向老张询问了事情的经过。史真看看年逾五十的赵华,已显出老态来,在日光灯的照射下,明显看到他头顶生出了许多白发。他也是学校的老同志了,年轻的时候靠着一股拼劲,为学校做了不少工作。五十岁那年,他从重要岗位调到离退休办公室,学校也有照顾他养老的意思。离退休办公室的确是个养老的地方,除了给学校的老人善后,平时工作很少。赵华非常熟练地跟殡仪馆联系,跟学校有关部门通报了情况,打电话到花圈店,以学校有关职能部门的名义,定了几个花圈,要求他们赶快做,争取九点钟就摆到楼下。忙完了这些,天色已经大亮,老张喂养的云雀开始鸣叫起来。

八点钟,校党委侯书记和吴关校长先后来了一趟,劝老张节哀。老张教过的一些学生闻讯,也急急忙忙地赶来。一时间,楼下聚集了好多人,四周的邻居们也都知道了老张嫂子远走的消息,纷纷前来吊唁。九点钟,殡仪馆的车来了,几个年富力强的小伙子把老张嫂子的遗体搬上车,车子慢悠悠地向殡仪馆开去。

告别仪式,定在第二天上午十点,学校专门组织了两辆大客车。因为是放假,马上过春节了,大部分老师都在家,所以去参加告别仪式的人比预料中要多。史真和周刊都去了,几十年的老邻居,不去不行。

转眼间,过春节了,史真和周刊特地到家乐福超市去了一趟,置办年货。鱼啊肉啊鸡啊蛋啊,当然,忘不了再来点牛羊肉等熟食。还有饺子馅,称韭菜、肉,再来半斤素三鲜,总之要把年货备得足足的。周刊还拿了两瓶陈年红酒,外加十听三鲜果汁。买了满满一篮子年货,路过烟火专卖店,史真又买了两挂鞭炮,三束烟花,这下年货就齐全了。两人提着满满当当的东西挤在公交车上,环顾四周,虽然大家手里都是大包小包的,但表情漠然,完全没有过节的喜悦。史真禁不住感叹,现如今这春节过得越来越不稀罕,别说大人没了劲头,就是贞子,也不把它当作一回事儿。平时的生活太好了,想吃什么,随时就吃到了,不像以前在农村日子穷,想吃好东西,非要等到过年时才舍得买。城里的日子天天在过年!

除夕这天,天一黑,史真就和贞子到楼下放了一挂鞭炮。虽然是过春节,校园里依然很安静,和大学外面烟花乱飞的情形截然相反。史真这一挂鞭炮仿佛给大家放了一个信号弹,提醒大家除夕到了,于是,这家那家接二连三地放起了二踢脚和大地红。这春节的味道出来了。

放完鞭炮上楼,史真看到老张屋门紧闭,心里琢磨,老人孤身一人太凄凉。他敲敲老张的门,半天没有声响。难不成老张有好的去处？史真不放心,又敲了两下,老张表情木然地开了门,史真看他快快不乐的样子,心里寻思着:别看这老家伙平时乐呵呵的,现在老伴一走,倒还是把他击倒了。史真拉住老张的手,说:"到我家来,咱俩好好喝两盅。"老张摇摇头说:"不去了不去了,大过年的,你们一家人热闹吧,我一个老头子照过。"史真拉住他的手不放:"老张,你这就见外了,咱俩这么多年的老邻居了,我可从没邀请过你来我家过年啊,连这点面子也不给我吗？"老张说:"不是不是,你说哪去了？我是怕给你们一家添麻烦啊。"史真说:"不麻烦不麻烦,过年嘛,人越多越热闹。"老张叹息了一声,说:"好好好,我去。"他关上门,又突然想起什么似的,回屋拿了一瓶五粮液,说:"这是一个老伙计从四川五粮液酒厂给我带来的,我去年喝掉了一瓶,这瓶咱俩今天晚上把它解决了!"史真说:"好,我陪你喝个够!"

两人进屋,周刊已经摆好了满满一桌子菜。史真让老张坐上首,他陪在旁边,贞子说:等会儿要看《春节联欢晚会》,她要坐在正对着电视机的位置。周刊坐在背对着电视的位置,笑着说:"我不用看,只听就行。"老张感受着这温暖家庭的气息,情绪渐渐变得高涨起来,脸上渐渐有了笑容。他悄悄地问史真:"贞子那个男朋友呢?今年不在家过年吗?"史真笑笑:"小伙子要和他老父老母一起过春节,两个老人就他一个孩子。"老张明白了,也就不再多问。大家坐定,史真举起酒杯,说:"今年咱们两家一起过除夕,比往年热闹,来,我们干一杯!"四个人举杯,老张和史真喝五粮液,贞子和周刊喝红酒,四个杯子碰在一起,发出清脆的响声。史真和老张一饮而尽,周刊和贞子喝了半杯。四个人有说有笑,边喝酒边观看《春节联欢晚会》。酒喝到酣处,史真和老张的话就慢慢多起来,两个人从天说到地,从学校说到中央,总之是无话不谈。贞子和周刊说不上什么话,干脆安静地坐在那里看电视。半个小时过后,一瓶五粮液下去了大半,史真和老张还没有停战的意思,两人各有各的心事,都有点借酒消愁的意思,这酒就一杯接一杯哧溜哧溜下了肚。两人慢慢有了醉意,人说酒后吐真言,老张提起史真辞去支部书记的事儿,劝说史真:"我说老弟,你可得悠着点,这事儿不是个小事情,你得小心呢!我可是过来人,知道政治的厉害!"史真摆摆手:"没事没事,我心里有数。"他停顿了一下,给老张斟满酒,说,"别提我的事儿,我倒是想劝劝你老哥,赶紧再给自己找个伴儿,你也才刚过六十,我相信老嫂子在天之灵,也不愿意看到你一人孤苦伶仃的,你说是吧?"老张点点头,又摇摇头,说:"没想过没想过,我这把年纪了,没那个想法了!"两人继续碰杯喝酒。一直到了十点钟,老张才颤颤巍巍地站起来,说:"我该回去了,年纪大了,精力赶不上你们年轻人了,我要回去歇了。"史真站起来说:"我送送你。"老张一把推开了他,说:"不用!我自个儿能行!"他说能行,史真还是不放心,一直把他送到屋里,看着他躺下,才回来一起和周刊、贞子看电视。

这个除夕,因为有了老张,与往年有了很大不同。一家人感觉做了一件很充实的好事,心情也就格外喜悦。

过完了春节,史真恢复了和往日一样有规律的生活。白天他大部分时间都待在实验室里,晚上就和周刊出去散散步。这日子仿佛又恢复了平静。

开学没多久,隔壁老张爆出了一个大新闻——他要娶一个刚在本校毕业的女研究生!那个叫柳枝的研究生,长得很标致,漂亮的脸蛋,时尚的长发,匀称的腰身,修长的大腿,谁看了都会说,这真是一朵含苞待放的鲜花。据说,她本来是到老张家做保姆的,她研究生毕业后想继续考博士,以便最后留校工作。现如今硕士研究生多了去了,找一份体面的好工作的确不容易,柳枝又要读博士,需要大把大把的时间,就想在校内找个兼职工作。柳枝不知道从哪里打听到老张需要个保姆,她就毛遂自荐,主动送上门来。老张一听女孩子的情况,二话没说,就同意下来。这些日子,史真经常在家里看见柳枝逗弄老张在阳台上喂养的云雀,他是做梦也想不到老张会如此"新潮":他和小保姆竟然悄悄结婚了!结婚第二天,老张就忙着搬家,刚买的那个小高层成了他和女研究生的新房。

搬家那天,老张特地带着新娘子来和史真一家道别。史真责怪老张真不够意思。老张一脸诧异,不知道史真说的什么意思。史真说:"你梅开二度,连喜糖也不给我送!"老张哈哈笑,赶紧让柳枝到家里拿了喜糖,说:"我是不好意思声张,办得很低调。"史真笑呵呵,说:"低调什么?这都是什么年代了?你们老夫少妻,正赶上时代潮流嘛。"老张说:"人老了老了,反而有了第二春,说出去不好意思啊。"史真开玩笑说:"你这是老牛吃嫩草!"老张说:"这是嫩草吃老牛!"这老家伙,又恢复了以前的幽默诙谐。

不管怎么说,这老张也算新潮了一回。看着形同父女、恩爱有加的老张和柳枝,周刊打心眼里替老张高兴,她半认真半开玩笑地对史真说:"要是有一天我早走了,你也新潮一回!"史真知道周刊在开玩笑,不好说什么。他悄悄提醒周刊:"老张和女研究生是不是有点儿太快了?不知道这里面有没有什么猫儿腻啊!"周刊愣了一下,沉默不语。

二十四 闹事

市里统一涨一级工资,要求各事业单位根据各自财政情况,适当幅度地上调工资。川城大学作为教育部和省里共建学校,吃的是省财政,和市里无关。但教师们眼睁睁地看着市里其他单位工资噌噌往上涨,学校里面却没有什么动静。一些老教师工龄长职称高,对工资涨幅不是太敏感,但年轻人就不一样了,他们大多是刚刚成家立业,上有老下有小,需要糊口活命呢。年轻人着急,在私底下纷纷议论学校的财政情况。在高校,教师之间的收入确实存在着很大差异,因为工资都是跟着职称、职务和工龄走,那些参加工作没几年而且职称不高的老师,工资收入确实少得可怜,传说中的高校老师收入高,主要说的是那些教授和处长。吃省财政的地方事业单位岗贴不是很高,这贫富差异就很快凸现出来了。在高校,工作在一线的教师大多是年轻人,他们上的课最多,承担的科研任务最重,更有评职称和进修拿学位的巨大压力。他们对学校有意见,也确实情有可原。

教师们抱怨的声音多了,渐渐地传到学校领导耳中。党委侯书记指示相关部门,应积极主动做好年轻教师的思想工作,不要让不满情绪大肆蔓延。吴关校长还通过校报发表文章,解释学校财政紧张的原因。他在文章中说,学校正在兴建的新校区,耗费了很多的财力,一座座大楼拔地而起,没有资金保证怎么建新校区?不建新校区,学校今后怎么大规模地招生?不大规模地招生,学校怎么发展?学校不发展,怎么能有自己的地位?学校没有了地位,教师们还怎么保证自己的收入?吴校长说得义正词严,头头是道。他在文章中还呼吁广大年轻教师潜下心来教书,静下心来育人,为学校做出自己应有的贡献。

大道理大家都懂,但和大道理比起来,钱才是硬道理。学校迟迟不涨工资,教师们的不满情绪愈来愈高。史真对涨工资不是很敏感,但他很能理解年轻教师的想法。他觉得学校做出的解释站不住脚,新校区建设当然需要钱,但学校的财政明明白白地摆在那里,大家都心知肚明,你说没有钱,谁信呢?别的不说,学校五年前就成立后勤服务公司,包揽了学校所有的工程和后勤服务项目,仅后勤上交给学校的收入就很可观。学校里有个传闻,说每到逢年过节,后勤老总都要给校领导送"花"。有一次送错了楼层,送到了一个普通老师的家里,打开"花"一看,好家伙,里面都是钱呢。你说学校有没有钱?还有就是学校对外营业的高档饭店,那可是五星级的宾馆啊,年营业额上亿啊,他们每年交给学校多少钱?学校的自学考试学院,每年的收入也很可观,加上各学院招生上交给学校的财政,说学校没有钱,没人相信啊。

年轻教师对学校有意见,还有一个原因是,院系福利发放不平衡。学校一直主张要藏富于民,这个想法不错,让人民共享改革发展的成果,这符合中央的精神。关键是,各学院具体情况不同,有的专业好就业,招生火爆,单位收入高,可支配的福利资金就多,所以,有的收入好的院系每年都能发一台笔记本电脑,人家有钱呢,发得起,没办法。苦的是那些招生就业不好的院系,没有多余的财政收入,只能等着学校财政贴补,别说笔记本电脑了,就是一个优盘都发不起啊。发展不平衡,收入差别巨大,大学在这一点上倒是和国家保持了一致。这都是高校发展必须解决的问题。

教师涨工资问题还没有解决,食堂又传来学生闹事罢餐的消息。

史真平时很少到食堂吃饭,这天周刊参加图书馆组织的外出考察活动,贞子又不在家吃饭,他就去了食堂,想随便应付一下肚子就算了。

春天风大,倒春寒,风刮起来像刀子,比冬天的风还冷。史真走在去食堂的路上,他穿着风衣,感觉还是挡不住阵阵冷风。他缩着脖子进入食堂,平时挤都挤不进去的餐厅今天人少得出奇,几乎没有学生在排队买饭。史真以为自己走错了地方,往四下里看看,确实是学生食堂。嗨,今天可真是奇了怪了,怎么没人吃饭呢?学生们都还没下课?看看表,十二点多了,早该下课了,正是吃饭的时候啊。史真探头问食堂卖饭的师傅:"今天这是怎么了?人这么少!"

那个肥头大耳的师傅瓮声瓮气地说:"学生们在闹事,要罢餐!现如今的大学生,胆子可真够大。"

"罢餐?为什么?"史真奇怪地问。

"学生嫌食堂饭菜价格高,说不如外面小店卖得实惠。这些小东西,真不知道好歹。"食堂大师傅摆出一副义愤填膺的样子。

"学校没出来做做学生的工作?这罢餐的事儿可不算小啊。"

"做了,没用。学生花自己的钱吃饭,你还能不让人家有这个自由吗?"

"这倒也是。"史真不好再说什么,指指肉片炒菜花,问,"这个多少钱?"

"四块。"师傅面无表情。

"四块?"史真面露惊愕。

"没办法,原材料上涨啊。生菜花都涨到两块钱了!"大师傅解释说,"你到底打不打?"

史真苦笑了一下,说:"打打打,给我来一份吧。"

大师傅给他盛了一碗,说:"这是今天头一炮买卖,我给你多盛点!"

史真说:"那就谢谢你了。"他又要了一份米饭,随便找了个空位,将就着吃下了肚。直到他吃完抹嘴走人,也没见几个学生来食堂吃饭。看来,学生们是真想和学校闹一闹了。

还有两天,贞子就到美国去了。这段时间她每天都和张秦黏在一块儿,两个人像是要抓住什么似的,一刻也不想分开。特别是贞子,眼睛老是红红的,她不舍得离开张秦。史真看在眼里,悄悄对周刊说:"女儿大了,和父母之间的感情赶不上男朋友咯!"周刊笑笑说:"年轻人嘛,都这样。你这个老东西,还嫉妒了不成?"

史真说:"看你说的,我嫉妒什么?"

周刊脸色凄然,说:"女儿这一走,美国那么远,一年都不能回来一趟,我还真放心不下。"

史真拍拍周刊的手:"放心,咱们的女儿会照顾好自己的。"

贞子出国那天,下起了雨。这是春天的第一场春雨,雨下得很小,天地间像是被一张巨大的蜘蛛网笼罩起来,雾蒙蒙的。史真本来以为因为下雨天气飞机会延误起飞,但机场方面说,这样的天气影响不到航班的飞行。机场里人声嘈杂,闹哄哄的。张秦也来送贞子了,他帮贞子拎着大包小包。贞子倚靠在他的肩头,安静地坐在候机大厅里。周刊不停地看候机大厅墙面上的钟表,脸上显出焦躁和不舍的神情。史真不厌其烦地翻看着贞子的贴身包,一一检查贞子所要带的东西。叮嘱的话已经说了好几遍了,周刊还是忍不住一再地重复。贞子有些烦了,说:"妈,我知道,你说的我都知道,你放心,我会好好的。"周刊泣不成声:"说,美国环境太复杂了,我真担心……"史真说:"你不要说了,我已经给老友维纳斯唐说过了,贞子在那边有什么事,他可以关照一下,放心吧。"

登机的时间快到了,史真催促着贞子赶紧过安检。贞子和张秦抱了一下,又搂住了周刊的脖子,对她说:"再见妈妈!我会想你的。"三个人隔着大厅厚厚的玻璃窗,目送贞子顺利地过了安检,登上了飞机。二十分钟以后,飞机在蒙蒙细雨中滑行起飞,逐渐消失在遥远的天际。

回学校的路上,史真问张秦论文做得怎么样了。张秦说:"差不多了,实验数据都做出来了,我和王华的论文都接近尾声了。"史真叮嘱张秦:"这个月底就论文答辩了,你们要做好最后的准备。"张秦点点头说:"我会好好利用这半个月的时间,尽量把论文做得圆满一点。"史真点点头。他看着车窗外飞逝而过的风景,拍拍周刊的手,周刊一直在发呆,神情恍惚。贞子长这么大,第一次这么久地离开她,她放心不下。虽说贞子已经是一个亭亭玉立的大姑娘了,但在她眼里还是一个不谙世事的小孩子。

转眼间又到了一年一度的评职称时间,今年重点实验室只有何采一个人要参与学校的竞争,他要破格评正高,这是职称评审里面要求最高也是最难的。上正高本身就有难度,何采在此基础上还要破格,其难度可想而知。好在学校有一定的职称评审自主权,只要通过学校审查(俗称小组),那就等于成功了一大半。小组通过之后上报给省教育厅(俗称大组),再例行审查一下,就通过了。所以,问题的关节点就在于如何顺利通过学校的小组审阅。职称评审小组的组成人员都是各个学科的权威教授,大家都工作、生活在校内,平时都是低头不见抬头见的,只要材料基本符合,事先打个招呼,一般都能轻松过关。

何采对自己今年的破格很有信心,他对照了一下学校关于正高破格的要求,他不但发表文章的数量远远超过了规定篇数,而且在发表级别上也保证了很高的质量,他的文章大多发表在国内外的权威期刊和核心期刊上面,还有两本在国家级出版社出版的专业著作以及多项国家级课题。凭借这样雄厚的实力,按说,破格是没有任何问题的。

史真作为职称评审小组的主要成员之一,当然会替何采说话。今年的评审会由学校人事处统一安排,吴关校长是学校职称评审小组的组长。评审会议安排在人事处会议室,评审组人员悉数到齐后,吴关匆匆忙忙地赶来,简单讲了几个注意事项,说:"今年全校的正高名额还算宽松,对破格的同志十分有利。"他的话让史真吃了一颗定心丸,看来何采今年要交好运了。职称评审小组的成员大都是老教授,看着这一屋子白发苍苍的老头子,学校那么多年轻人的命运就攥在他们手中。想想也真是可怕,这些在学校举足轻重的老头子,要是哪一天犯了糊涂,可就苦了那些年轻人了。这些年,学校发展很慢,这在一群老头子统治的"世界"里,大概是不奇怪的。

何采在材料审核中顺利过关,没有任何悬念,进入评议阶段,不少人,包括吴关校长都为他说话,哪有不顺利通过的道理?会议一结束,史真就去了实验室,何采正在那里等消息呢。史真把小组顺利通过的消息告诉了何采,何采很兴奋,在走廊里走来走去,边走边激动地展望起自己的大好前途来:只要这次顺利地上了正高,加上早年的博士学历,不怕学校不用我啦!等上了正处级,我的发展就高枕无忧了。这些想法,他当然不会对史真讲,史真本来就很反感他当官干行政。但对于他自己而言,何采还是非常想踏上升官发财的光明大道。何采的如意算盘是:先走一下行政的路子,在仕途上实在不好发展,再去搞业务也不迟,行政上没了希望,还有教授职务呢,把学术研究作为最后的一条退路,他认为,这也算是有了个双保险。

人算不如天算,俗话讲,夜长梦多。这不,第二天,何采的笑脸就消失了:有人举报他发表在国外权威期刊上的一篇论文,涉嫌抄袭。这是一个十分严重的事件。学校刚刚强调教师要有师德,要老老实实做研究,在学术上,千万不能抄袭犯错误。如果这个举报属实,何采就正好撞到枪口上了。这件事在校园里传得沸沸扬扬,史真分不清真假,据说,涉嫌抄袭的那篇文章,正是他推荐给维纳斯唐发表的,如果真是抄袭,不但何采无地自容,他史真也有责任:为什么当初没有看出来抄袭?这是对他专业水准的巨大侮辱。

一听说这个消息,史真就气冲冲地去找何采。何采正如一只热锅上的蚂蚁,在办公室里转圈。看见史真进来,何采显得更加慌张。史真一进门就质问他:"你到底有没有抄袭?"何采看着史真气愤的样子,低下了头。史真的脸憋得通红:"这么说,你真的是抄袭了?你这个……"他想狠狠地骂一通何采,想到何采的身份,史真忍住了,拂袖而去。何采拦住史真,向他解释,自己只是因为评职称心切,才这么不择手段。但史真毫不理睬,噔噔地下楼去了。何采仰天长叹:"早知今日,何必当初?"

何采在办公室里转了半天圈子,看看窗外西落的太阳,那红彤彤的颜色,仿佛是亮着的一盏巨大的红灯。何采冷静下来,不行,必须采取点行动,不能眼睁睁地看着职称就这样泡汤了。

何采首先想到的就是吴关校长。吴关校长是组长,只要他还坚持给自己一个机会,其他评委就不好说什么。必须马上去找他,请他说句话,比什么都管用。况且那篇文章抄袭的部分,只占文章篇幅的五分之一,在学术研究上,这还是可以解释的。最要命的是文章的观点,他借用了人家的东西。不过还好,他做了一些变通。何采看看时间,刚到下班的时间,这个时间,其他人都回家了,吴关校长一般走得比较晚,现在正好去找他。何采去了办公大楼,可能是心里没底,他敲门的时候,手指打哆嗦。等了一会儿,里面没动静,可他明明听到吴校长说话的声音。何采猜想,他正在打电话,只好又轻轻敲了两下。

吴校长说:"谁啊?请进来。"

何采推门进去。吴校长一看是他,立即明白他来干什么了。吴校长不冷不热地请何采坐下,说:"我就知道你会来找我!"

何采额头上冒出了细密的汗珠,结结巴巴地说:"我是来向你承认错误的,我确实在评职称的那篇文章中抄袭了人家的观点和资料,我评职称心切……"

"心切也不能这么干!"吴校长严肃地说,"你真是糊涂啊,就算你没有这篇文章,少一篇权威期刊,也比你现在出这样的丑好!"

何采点头如小鸡啄米,连声说:"是是是。"

吴校长痛惜地敲着桌子说:"你还年轻,在事业上,还有无尽的发展可能,你现在是自毁名誉,自毁前途!"

何采差不多要落泪了,他凄凄惨惨地说:"我已经认识到了错误的严重性,希望你能考虑一下,再给我一个机会,帮我说句话。"

何采以为吴校长会满口答应下来,吴校长曾是他的直接领导,对他很厚爱,何采能顺利地坐到实验室副主任的位置,也算是他积极培养、提拔、使用的结果。别看吴校长嘴上凶得很,可他毕竟还得念及上下级的关系。哪知道,吴校长还是不松口,他端坐在办公桌后面,板着脸说:"消息都散布出去了,恐怕我也回天乏力。职称评审小组二十几个人,不是我一个人说了算的。"

何采傻眼了,他带着哭腔说:"就没有别的办法了吗?"

吴关沉吟了半天,说:"你本来就是破格评正高,盯住你的人很多,所以你的一点错误都可能会被无限放大。你现在的情况很被动,即便是学校出面,帮你过了小组审查,到了省教育厅那一关,你也过不了。退一万步讲,即使过了,你能保证会没有人给你捣乱? 就我们学校这个情况,肯定会有人写检举信! 这都快成了我们的'光荣'传统了!"

吴校长说话带着情绪,何采也明白他话里的意思。仔细想想,吴校长分析得没错。他无话可说了。

吴关见何采低头不语,口气松下来,说:"这次你属于提前破格,明年不就可以正常晋升了吗? 以你现在的成果,明年再稍微努力一下,应该没问题,不如好好地准备下一次吧。"

何采点头说:"这样也好。"

"你也不要有太重的思想负担,这事过去了就过去了,就当是交了一次学费,吃一堑长一智嘛。"吴校长说得语重心长。

何采做出一副十分感激涕零的样子,点点头。他看看时间,已经不早了,他知道吴关有看《新闻联播》的习惯,每天他都准时回家。何采站起来说:"那我走了,这事给你添麻烦了。"

吴关摆摆手:"不是添麻烦,是添堵。你啊,一定要一步一个脚印,踏踏实实地往前走,不要着急。江防主任是老同志了,多向他学习学习,他没多久就该二线了,你要抓紧进步啊。"

吴校长的最后这句话,让何采颓丧的情绪又振奋起来,吴校长是在点拨自己呢。他赶紧说了一些表态的客气话。

吴关笑笑,亲自去给何采开门。何采一只脚迈出门外了,吴校长突然想起来似的问了句:"听说史真教授要辞职了?"

何采点头说:"他已经向侯书记递交了辞职申请书。"

"这个史教授,胆子真是不小。他倒是挺能折腾,先是给教育部写信举报学校,现在又要辞职。看来,他是不闹个人仰马翻不罢休啊。"吴关说着往隔壁侯书记的办公室看了看。侯书记办公室紧闭,怕是早走了。

"这……史老师好像有他自己的考虑吧。"何采斟酌着字词说。

"哦,不管他了,你赶快回去吧,我也该走了。"吴关拍拍何采的肩膀。

何采走出办公大楼,想给史真打个电话,犹豫了半天,想他正在气头上,还是等以后再说吧。看着路上三三两两的学生,看着他们无忧无虑的样子,何采想起了自己的大学时代,心里泛上一些酸楚。唉,那些最美好的时光,一去不复返了。

二十五 白血病

早上一上班,王华习惯性地打开自己的邮箱,里面有一封邮件,不用看,她也知道是维纳斯唐发来的,他们一直以这种方式,互致问候和表达亲昵。利用实验间隙,王华给维纳斯唐回了信,把论文的情况告诉他,提醒他,关注一下出国的手续。写着写着,电脑突然黑了屏,刚写好的那些文字全没有了。王华气得拍着桌子说:"这个破电脑,偏偏这个时候断电!"她查看了一下电源,接线板烧坏了。张秦从外面进来,看见王华着急的样子,问:"出了什么事?"王华说:"电脑突然断电,我写的信全丢了。"张秦知道王华说的"信"是什么东西,他笑着说:"丢了就重写呗,情书写一遍有一遍的感觉。"王华也笑,说:"看你都整出经验来了,肯定写得不少!"

王华看看外间的史真,他正端坐在办公桌前浏览一本杂志。王华走过去,说:"史老师,我能不能用一下你的电脑?我写点东西。"史真站起来,坐到沙发上,说:"你用吧。"王华说:"谢谢史老师,我一会儿就好。"她在电脑前坐下来,打开邮箱,开始给维纳斯唐回信。写完了信,王华没着急走,她无意间打开了史真先前看过的网页,是一家大学的招聘信息。王华偷偷观察了一下史真,他正在全神贯注地看杂志,没注意自己。王华仔细地看了看网页内容:

重金招聘教授,要求年龄在50岁以下,开出的条件是科研启动费一百万元,安家费五十万元。这条件不算太优厚,但还算可以。难道史老师想离开这里了?王华寻思着。这一段时间看他沉默寡言的,联想到他辞职的决定,他真是要走了。王华关上了网页,站起来,对史真说,她写好了。史真点点头,坐回到办公桌前。

王华有了心事:史老师到底什么时候走?他这样的专家,到哪里都很受欢迎的,说调走就调走了。甚至都不用调动,现在有的大学为了提高档次,为了申报博士点、硕士点,可以允许教授兼职,也就是说,教授可以在两个大学同时授课,拿双份工资。更有些大学,为了达到吸引人才的目的,连教授的档案都可以不要。他们宁愿重新为教授建档,也要把人吸引过来。他们说,现在的教授最值钱,只要有真本领,科研成果多,到哪儿都是高价。

王华试探着问张秦,想从他口中探出点风声。但张秦好像知道得并不比她多,王华问他知不知道史老师要走的事,他露出一副惊讶的表情来:"史老师要调走?"一听他这口气,王华就知道,从张秦这里打听不出什么消息来。看来史老师的保密工作做得不错,连未来的女婿都不知道。

王华憋不住事儿,中午临下班,趁张秦早走那一会儿,她去了外间。史真看见王华站在对面,眼睛一动不动地看看他,心里纳闷:这个女助手又怎么了?史真领教过王华的大胆泼辣,猜想着她又在动什么脑筋。

也许是觉着和史真的暧昧关系,王华单刀直入,问史真:"打算什么时候离开?"

史真一愣："你怎么知道我要调走？"

"猜的。"王华笑了一下。

"嗯。只是有这个想法，还没具体实施呢。"史真手指敲着桌面。

"是不是快了？"王华含情脉脉地看着他。

"本来是想等贞子出国，我就着手的，现在看，至少要等到你和张秦毕业。"史真端起茶杯去倒水。

"为什么？"王华从史真手里接过茶杯，替他倒了一杯水。

"你们两个是我在这所大学的关门弟子，我要负责到底啊。"史真笑笑。

"这么说，你打算这学期期末调走？"王华把茶杯放到史真面前。

"可能吧。"史真回答。

"我们一起走。"王华坏笑了一下，那笑容意味深长，山含情，水含笑。

……

"你别紧张，我是说，你走的时候我也走，我去找维纳斯唐。"王华调皮地笑了一下，到里间拿了外套，对史真说，"我先走了，到点了，肚子饿了。"

史真点头。看着王华袅娜的身影，他无可奈何地笑了一下：这个让人捉摸不透的女人！

看看时间，快十二点了，可是肚子还不饿，不饿也得回家吃饭。自从贞子去了国外，家里就剩下他和周刊两个人，显得冷清多了，周刊做饭都没有了积极性。史真要是不回去,周刊肯定又要吃面条了。上了年纪的人,渐渐地对子女有了依赖,贞子就是一个飘在国外的风筝,老两口老不放心这手中的线,生怕线断了。周刊每隔两三天,就得给贞子打个国际长途,上个月家里的电话费噌噌往上蹿,史真吓得不轻,好家伙,以前一个月电话费几十块,现在是上千块,半个月工资没有了。他又不能阻止周刊打电话,只好听之任之。周刊大概也能觉出史真的想法,好几次要到史真办公室打,因为常和国外联系,他这里开通了国际长途。史真没同意,说咱不占那个便宜,犯不着。周刊打国家长途,电话费是小事,就是每次都要半夜打,把史真折腾得不轻。每次到该打电话的时候,周刊都会坐立不安,有时候正睡着觉,突然坐起来,去客厅打电话;有时候干脆坐在沙发前看电视,一直等到十二点,贞子下课的时候。贞子走了两个月,周刊瘦了差不多一大圈。史真心疼她,劝她放宽心。周刊不但听不进去,还说史真绝情,一点儿都不想女儿。史真无端地被冤枉,也就不再多说话。

走在路上,感受着和煦的阳光,史真脑海中浮想联翩。从女儿贞子想到周刊,又从周刊想到调动工作。他想调动工作,一方面是觉得在这所学校里不舒服,看不惯领导们的做法;另一方面,主要是想换一个新环境,尤其是对周刊,换一个环境能缓解她对贞子的思念。眼看就要博士论文答辩了,等答辩一结束,他就着手办调动,唯一感到遗憾的是那个铊中毒治疗研究项目还没有结果,不过他可以把项目带到新单位去搞。在现在的环境下,什么也搞不出来。他打算,这周就把王华和张秦的论文寄给那些同行进行通讯审阅,如果顺利通过,他史真就没有任何挂碍,"走"之无忧了。

人要是倒霉,喝口凉水都塞牙缝。这话说得没错,刚刚经受评职称风波的何采,不但职称问题没有解决,严重败坏了自己的声誉,而且患上了一场大病。刚开始他感觉胸闷,接着就发烧咳嗽。何采以为是普通的感冒受凉,吃点药就行了,哪知道连吃了三天药还不见好。去学校医院做了检查,校医院的严嵩院长亲自给他听诊把脉,诊断了半天,他皱紧了眉头,始终不语。何采问他:"严院长,我是不是感冒发烧?"

严嵩说:"表面上看,是这个症状,但我看,恐怕不是伤风感冒,我劝你到市立医院做个全面检查,你这是低烧,伴有胸闷,而且你脸色很不好。"严嵩停顿了一下,看看何采的头发,说,"我印象中你的头发挺好的,现在怎么这么少了?你脱发很厉害吗?还这么多白头发!"

何采笑笑说:"还不是因为评职称,熬夜呗。"

"熬夜不会这么厉害。"严院长说,"你赶紧到市立医院去做个全面检查,我担心有别的情况。"

严嵩说得很严肃,而且不敢开药,这让何采很吃惊。按说,严院长也是老医生了,在学校一般没有他看不了的病,连市里医院都经常请他过去会诊呢。看来自己这次病得不轻,不然,严院长不会这么吃不准。

何采不敢耽搁,给在市质监局上班的妻子练红英打了个电话,说:"我马上去一趟市立医院,你下班以后,直接去医院找我。"练红英是质监局办公室秘书,平时工作忙,顾不上照顾何采和儿子,特地请了一个小保姆,负责做饭洗衣等家务。练红英一听何采要去市立医院,心里就咯噔一下,凉了半截,她在电话里说:"老何,你没事吧?你别吓我啊,你知道我胆小。"何采说:"我能有什么事啊?就是去做个体检,我估计就是感冒发烧。"练红英说:"那你先去,我随后就到。"

何采去了市立医院,挂了个老专家号。那位老专家和严嵩很熟,一听说何采和严嵩是一个单位的,就没让他排队,先做了检查。老专家检查了半天,也是迟迟不肯开口。他看了看何采的脸色,查看了他胳膊上的皮肤,说:"你坐下来等会儿,我出去一下。"他出去不一会儿,带进来两个更年轻一点的医生,老专家对他们耳语了几句,两个人坐下来一起给何采做检查。看到他们这个架势,何采头上直冒冷汗。直觉告诉他,他这次可能病得不轻。

折腾了大半个小时,三个人询问了何采许多问题,又一起出去商量了半天,老专家进来,表情严肃地对何采说:"你是大学的老师,相信你的心理素质应该很高,我就不和你绕弯子了……"

他话还没说完,何采哗地一下汗如泉涌,他语无伦次地说:"我得的是不是癌症?"

"没这么严重,但基本上差不多,你得的是白血病。"老专家说,"我们三个会诊以后都这样认为。这是一种以前很少见的病,近年来发病率有所上升,在我们市,你是第三例,前两例都是因为装修房子污染,目前还不清楚你患病的原因,你必须马上住院治疗。"

"这种病能治好吗?"何采说话结结巴巴的。

"只要找到合适的骨髓,就应该能治好。"老专家说,"关键是骨髓能否配型成功。"

听了老专家的话,何采一下子没了精气神,他抱着脑袋呜呜地哭起来,边哭边说:"我怎么会得这种病? 老天爷啊,你真是没长……"他正在抱怨,练红英急匆匆地走进来,一把抓住何采,问:"到底得的什么病?"何采抬起头,眼泪汪汪地说:"是白血病,我怕是要完了!"

练红英目瞪口呆地愣在那里。

老专家安慰他们说:"没这么严重,好好配合医院治疗,会康复的,放心吧。"他催促练红英赶紧去办理住院手续,这种病不能耽搁,何采已经出现了低烧现象,再拖下去,会危及生命。

练红英冷静下来,赶紧去办理住院手续。办完手续,她立即打电话通知家人。何采老家在重庆,离得远。练红英是本市人,老爸老妈得到消息,很着急,放下电话,就赶往医院看女婿。

何采患上白血病的消息很快就在学校里传开了。史真听到这个消息时很吃惊,何采这么年轻,正是奋发有为干事业的时候,怎么会得上这种病? 他把这事告诉周刊,周刊也不相信,她瞪大眼睛:"这怎么可能?"两口子合计了一下,无论如何,他们都应该去医院看看何采。两个人说去就去,到超市里买了一些营养品,就匆忙地赶往市立医院。

已经有不少人来过了,何采已经心平气和地接受了这个不幸,他十分冷静地和医生商量治疗方案。史真一进来,他就坐起来,说:"史老师你也来了。"史真看着自己曾经的高才生,眼角发麻,说："你好好躺着吧,别起来了,我和你师母看看你就走。"何采点点头说："老师放心,昨天我刚一听说得了这种病,也很紧张,以为自己活不成了呢,后来大夫说,只要骨髓移植成功,我还能活上几十年。"何采笑笑,那笑容很勉强,史真更加难过了。何采住的是观察室,周刊看看四周,没见着练红英,她问何采："红英呢?"何采低下头,说："她去筹款了,医院正在寻找可以配型的骨髓,一旦找到了,就必须马上手术,医院让我们准备好钱,随时备用。看来,我这个病要把家底掏光了。"周刊面色凄然,看看史真。史真说："你要是用钱就说一声,我没有多但有少,给你贴补一点没问题。"闻听此言,何采终于忍不住落下了眼泪,说："谢谢史老师,我暂时还不需要。"说话间,从外面进来两个老人,何采给史真介绍说,这是他岳父岳母。史真点点头,又说了几句安慰的话,走了。

出了医院,史真对周刊感慨地说,何采跟他读博士的时候就很要强,参加工作以后,更是拼了命干,好不容易干到了学校最年轻的副处级干部,想不到会患上这种病!周刊说,也许正是他太争强了,才会这样的。如果他好了,肯定不会再去和别人争名夺利了。史真点点头,和健康比起来,其他的都是不重要的,什么名啊利啊的,都是过眼烟云,人如果都能看透这些,就不会活得那么累了。

单位不大,一点儿小事很快就能传开。年轻有为的何采得了白血病需要骨髓移植这个信息,传到了大学生中间,许多学生社团组织迅速行动起来,号召全校师生为何采捐赠骨髓。大学生们纷纷响应,主动要求去做骨髓检查,看能否匹配。几个老师也加入了捐助骨髓的队伍当中，一时间，挽救白血病患者何采成了校园里一个人人皆知的大事。学校支持学生们行动起来献爱心，但不好明着推动这个工作，只是让校团委悄悄动员学生社团的负责人，把这个献爱心的事情做好。

在这个喧嚣的时代，大学生大概算是最富有理想的群体，本校的学生们行动起来，向本市的其他大学发起号召，带动十几万人来为何采捐献骨髓。有了全市大学生的参与，医院很快就为何采找到了合适的骨髓。她是本市教育学院的女研究生，名叫汤琴。全市十万名大学生中，只有她一人的骨髓和何采配型，经过检查，她的身体符合骨髓捐献者的条件。骨髓找到了，剩下的问题就是解决巨额的手术费用问题。何采自己的那些积蓄，根本不够手术费用，这个不是动员学生捐助所能解决的，因此，学校准备号召教职工为何采捐款。

这是川城大学建校以来，第一次在教师员工中搞全校性的捐助活动，学校让校工会和宣传部牵头，校团委协助，在校内教职工中广泛发动，原则上，厅级以上干部每人捐助数额不少于一千元，处级干部不少于五百元，科级干部不少于二百元，普通教师不少于五十元，离退休老教师自愿捐助，有特别困难的职工可以少捐或者不捐。学校一共有二十名厅级以上干部，近四百名处级干部，一千多名科级干部，两千多名教职员工。有一句在高校里流传的歌谣说"厅级干部一走廊，处级干部一礼堂，科级干部一操场"，这话说得没错。按照这样的人数和上述标准，学校为何采募捐了六十余万元，足够他完成手术的。

捐款那天,全校以院系为单位各自组织捐助活动。史真参加了直属业务单位的捐助,学校直属业务单位包括三个研究中心,人数不少,大家集中在直属业务单位的大会议室,党支部书记袁子民发表了简短讲话,他说:"何采是我们自己支部的同志,是一位为学校做出重要贡献的同志,我们应该响应学校号召,在此基础上,尽量多捐一点款,救治我们的何采同志。"支部宣传委员是一个刚分来的,叫任红的年轻女研究生,她把事先做好的一个捐款箱放到了主席台上,大家一个一个地走上前,把钱投进去。史真捐了一沓子钱,是直属业务单位里面捐助最多的,但谁也不知道他到底捐了多少,只有任红看到了那厚厚的一沓百元大钞,她猜想那不会少于四千元。

捐完款,史真走出会议室。春末正午的阳光,已经显出夏天的威力来,不知道是因为天气太热,还是史真刚才太激动,他额头上铺满了一层细密的汗珠。他抬头,看看天上的火球,看来这个夏天又难熬了。史真不怕冷,怕热,天冷了可以加衣服,天热了脱光衣服也不行。

史真快步地向家属区走去,一阵急促的脚步声从身后传来,干练漂亮的任红迈着碎步追上史真,她是一个漂亮的大美女,脸蛋赛过影星巩俐,身材赛过章子怡,说话娇喘,气息如兰。她是本地人,长得很高大。她一分配进来,就担任了学校网络中心的秘书,兼任直属业务单位宣传委员。据说,她老爸是本市教育学院的院长,要不是这层关系,她研究生刚毕业,不可能分到网络中心来做秘书。史真和她不熟,开会见面时互相点点头而已。想不到的是,学校把老张空下来的房子给她做单身宿舍,史真和她成了邻居。此刻,她气喘吁吁地赶上史真,因为跑得过急,鼓胀的胸部颤颤巍巍,脸色红润像包了塑料袋的红苹果。她对史真说:"史老师你真大方,捐了那么多钱!"

史真笑笑说:"没有多少钱,我代表我和两个助手捐的,不算多,况且何采是我的学生,多一点也应该。"

"我知道,我知道。"任红穿着高跟鞋,个子比史真高许多,说话不得不低着头,"可你捐得确实多,我刚才整理钱数的时候,看到你捐的那一沓有四千呢,比校领导还多,你真是一个大大的好人。"

大大的好人?史真愣了一下,笑着说:"对,我是一个大大的好人。"史真说完,自己又笑了一下。这个任红是个八零后,说话怪怪的。他想问她为何不在家里住,既然家在本市,完全不用住在学校里,而且老张那房子条件太差,不适合她住,转念一想,和她还不是太熟,有些事情不好多问,就没张口。

任红一时间好像也找不到什么话说,两个人默默地走在回家属区的路上。上了楼,各自开门的时候,史真觉得不说点什么有些冷场,就随口说了句:"你刚搬过来,有什么需要尽管来找我,我们是邻居,不用客气,你周婶也是一个热心人。以前,老张住在这里的时候,我们两家关系就很好。"

任红点头说:"谢谢史老师的好意。我今天只是来看看房子,准备过两天把这房子简单改造装修一下再住进来,到时候少不了给你添麻烦。"

史真说:"不麻烦不麻烦。"心里却咯噔了一下:她要搞装修,那得多吵啊。可一想到老张那房子的霉味,不装修一下,确实不好住,尤其是对于这样漂亮干净的女孩子来说。

史真进了屋,在沙发上坐了一会儿,想等周刊回来再做饭。贞子去了美国以后,两个人伙食质量明显下降,做饭的积极性也没有了。愣了一会儿,史真刚要起身做饭,忽然听到敲门声,他以为是周刊,心想不会是又忘带钥匙了吧!打开门,不是周刊,是任红,笑呵呵地站在门口,说:"我可以到你家里参观参观吗?"

史真一愣,连忙说:"可以可以,快请进快请进。"史真本来刚才就想邀请一下任红的,但怕周刊不在家,不太方便,就没说,没想到她自己主动提出来了。

任红在屋里无所顾忌地转了一圈,说:"看看你们家,再看看我那屋,差距大了!真不知道以前住着一位什么样的神仙!"

听了这话,史真笑起来,说:"以前的确住着一位'神仙',他刚娶了娇妻,搬到了刚盖好的小高层。据说,现在很爱干净了,每天他要打扫新房子三遍呢。"

"那他以前怎么这么邋遢?屋子里还有一股霉味。"任红说,"史老师你来看看,那屋子太乱了。"

史真不用看也知道老张屋子乱到何种程度,老张搬走的时候他看过,可以说是一片狼藉。他对任红说:"你还是找个钟点工帮你清扫清扫吧,你自己怕是忙不过来。"

"我已经收拾好了卧室,等明天家里派人来帮我收拾收拾。"任红看看时间,"呀,我得走了,约好了和同学一起去吃饭的,差点给忘了。"任红说完就往外走,差点和周刊撞个满怀。任红很机灵,知道这就是史真所说的"周婶",赶紧打了招呼,说了客气话,匆匆忙忙地走了。

周刊一脸茫然地看着史真。史真被她看得有些发毛,说:"你别多想啊,她是刚分来的老师,住在咱隔壁,刚才是来看看房子,据说,最近就要住进来。"

"哦。小姑娘这么风风火火的,还不如贞子稳重呢。"周刊去厨房做饭了。

二十六 大事

四月天,吹面不寒杨柳风。早晨的阳光没有了二三月的清冷,脱下了冬衣换上春装,感觉浑身上下清清爽爽。史真走在温暖的阳光中,思考着王华和张秦毕业论文答辩安排的问题。

往年,博士论文答辩都定在四五月份,史真今年想提前把这个事情办了。一方面是给王华出国和张秦找工作留下充足的时间,另一方面也为自己调动做好准备,这是他走之前要办好的最后一件事情,等两个学生顺利拿到了博士学位,他也该一走了之了。对于这所学校,史真已经没有丝毫的留恋了。虽然已经在这里生活了二十几年,自己一生最好的时光,差不多都奉献给了这所大学,但学校最近几年的发展势头和校领导的一些做法,太不能让他满意,实验室的领导给他营造的小环境也不尽如人意。在这样的环境中待下去,他终将一事无成。史真想,在自己退休之前再做出点事业来,他这个年纪,正是经验丰富、出大成果的关键时期,如果有一个顺心的环境,他相信自己是可以做出一番成绩的。

王华和张秦博士论文通讯评审的工作,已经做得差不多了。史真那些老友都很认真地做了答复,高度评价了这两篇论文。他们认为是在该研究领域的一个突破,是两篇高质量的博士论文。

有了这些权威专家的肯定,史真心里就更有底儿了。开题前,有专家论证,答辩前,有通讯评审权威的鉴定,答辩肯定万无一失了。其实,按照往年高校通常的做法,博士论文答辩只要走个过场就可以了,聘请的专家大都是校内的同行,所以只要指导教师点头,答辩组不会为难毕业生。但这两年论文答辩改革,要求博士论文答辩时,必须有一定数量的校外专家参加,而且指导老师不能担任答辩组组长。这就给博士生论文答辩上了一个紧箍,不重视也得重视。

因为今年只有两个毕业生,史真想把论文答辩的规模搞得小一点,他请了几个离川城比较近,来回比较方便的老友,让他们这个周末抽出一天的时间,来走个过场。老友们当然都不推辞,史真在给他们打电话时,还故意卖了一个关子:你们来,我有一件大事要宣布!这是一件什么样的大事?老友们都了解史真这个人,平时不大开玩笑,现在他要宣布一件大事,这还真吊起了他们的胃口。

时间过得飞快,准备工作刚做好,老友们一个个就到了。稍事休整,史真把答辩的程序和两篇论文打印稿交给他们,让他们简单备备课,第二天答辩就开始了。对于这些专家而言,博士答辩都是每年例行的工作,经历得太多了,有些问题不知道提问了多少遍,他们驾轻就熟地认认真真走了走过场,让王华和张秦顺利地过关。和答辩比起来,他们更关心的是史真卖的那个关子:他到底有什么大事要宣布?

这个问题理所当然地被带到了酒桌上,酒过三巡,老友们纷纷发问:"老史啊,你到底要给我们宣布什么大事啊?"

史真举起酒杯,还想继续卖关子,笑嘻嘻地说:"你们不妨猜一猜。"

老友们虽说离得不远,但毕竟不在本市,不知道史真最近的处境,只好乱猜一气。有的说:"肯定是你的那个铊中毒治疗研究有了结果!"史真摇摇头。有的说:"那就是你又拿到了科技进步奖?"老友们说完就否定了自己这个想法,说:"不对,你要是再一次拿到这个奖,我们都应该知道,不对不对。"大家猜来猜去,都没有一个猜得准的。

王华在一边默默地喝着饮料,她知道史真所说的大事是什么事,但她不好说出来。

坐在他旁边的张秦悄悄问她:"你知道史老师说的是什么事吗?"

王华笑笑:"你这个未来女婿都不知道,我怎么会知道!"

张秦说:"我看你像是什么都知道的样子。"

王华说:"我是瞎猜的,不一定准。"

趁着酒桌上争论的嘈杂声,王华把自己那天看到史真在网上应聘的事儿,告诉了张秦。

张秦瞪大了眼睛,不相信地说:"真的? 我怎么从来没听他说过?"

王华笑笑,没吱声。

在各位老友的催促下,史真终于把谜底儿揭开了:"也不算什么大事,就是我要调动工作了,提前给各位说说,免得我走的时候,你们感到太突然。"

大家面面相觑了一会儿,问史真:"你真决定要走了?"

史真点点头:"那边学校已经同意了,也是个重点大学,答应给我一个重点实验室,不比这里的条件差,而且他们答应,完全由我自由支配实验资源,自由搞科研。他们想让我早点过去,今天,我的两位研究生论文答辩结束了,我最后的任务也完成了,最近就可以办调动手续了。"

哦,原来是这样,老友们点头。"不过,现在的条件也不错啊,为什么非要走呢?在这里待了这么久了,也应该有感情了。再说,我们这个年龄,不适合再有大的变动。"

"是啊,对于我这个年龄的人而言,这也许是最后一次调动的机会了,如果不走,就再也走不了了。"史真感叹道,他举起酒杯说,"来,我们干一杯!"

大家举杯。

服务员过来倒酒,不小心把酒洒在了史真的上衣上,史真出乎意料地说了句粗话,把在座的老友和两位学生惊得目瞪口呆。一位老友开玩笑说:"史老师今天也返璞归真了,哈哈哈,好啊好啊。"

王华察觉出史真心情不好,他有一点烦躁不安。

老友们叮嘱史真,慎重对待调动,千万要和两边沟通好。

史真说:"这事目前还没有办手续,还有变数,虽说那边没什么问题了,但学校这边我还没有正式提出来,估计不会太顺利。不过,不管怎样,我肯定是要走的!我对这所破学校太失望了。"

史真调动工作的话题越说越沉重,老友们把话题转到了今天的答辩上来,纷纷给王华和张秦碰杯,祝贺他们顺利通过答辩。王华和张秦一一回敬。王华在应酬的时候,眼睛一直没离开史真的脸,她发觉史真脸色有些不太自然。

宴会临近结束,史真把事先封好的辛苦费塞给老友们,安排张秦把他们送上车,叮嘱路上小心,就散了。

张秦忙着送客人,王华留下来照顾史真,他今天喝得有些多了。跟史真读了三年博士研究生,王华还是第一次看到史真喝这么多酒。王华想去叫一辆计程车,被史真阻止了,他对王华说:"这儿离学校不远,我们走回去吧。"王华说:"我看你喝得有些多。"史真摆摆手,说:"其实我很能喝的,只不过我一般轻易不喝罢了。"王华笑笑说:"那我陪你走回去。"

大街上人流如织,车来车往。王华和史真走在人行道上,都不说话。走了半天,史真一直在重复着一句话:"你们毕业了,我就放心了,没有什么牵挂了。"王华听着这话在史真嘴里一遍一遍地重复,泪水渐渐溢出她的眼眶。暖暖的风吹来,眼泪随风飘落在身后。王华靠紧了史真,她感觉此时的史真就像是一位孤独的父亲,她对他没有了一点杂念,她搀扶着他,如同女儿搀扶着爸爸。而史真也出乎意料地让王华紧紧依靠着,就像对待贞子一样,目光里充满了慈祥。

王华把史真扶回了实验室,在实验室里,她和他坐在一起,她甚至靠在他的怀中,小睡了一会儿。有多少年了啊?她失去了这样的安全感和依靠感。她为何没有早点找到这样的感觉?为何没有早点这样定位她和他的关系?她不禁为自己曾经的莽撞、曾经的年少轻狂面红耳赤。他是一位父亲,不是一位恋人。这是一个迟到的发现,虽然太迟了,但还不算太晚。两人倚靠在一起,都不说话。史真闭着眼睛,似乎沉浸在一种久远的冥想之中。他们的心灵无比宁静、通透,就这样,倚靠在一起,一直到永远,该多好。

四月天,娃娃脸,说变就变。刚才还是惠风和畅,天朗气清,突然间就变得狂风大作,沙尘飞扬。隔着窗户玻璃,王华看到实验室外面飞沙走石,刚泛出绿意的树枝,在狂风中左右摇摆。天色迅速暗下来,一会儿,豆大的雨点就一阵紧似一阵地砸了下来。史真刚刚进入了梦乡,王华怕外面风雨声吵醒了他,站起来把窗帘拉上,只留了一个很窄的缝隙,她站在这个缝隙前,感受着外面的风雨交加。她脑袋中一片空白,什么也不想,这是多么美妙的时刻,外面刮着风下着雨,屋内只有她和深爱着的、父亲般的老师。王华在尽情地享受着这样的时刻,她想让这个时刻无限延长,无限延长,一直延长到地老天荒。她想让史真多睡一会儿,再多睡一会儿,等他醒来,他也许就会迅速离开这里,那样,她就不能抓住他了,也不能倚靠在他的肩头了。风雨啊,你尽情地欢呼吧,永远不要停下来。

王华知道,史真不久就会离开这所大学。她不久也会离开这里,去另一个国度。那里还有另外一个男人在等着他。那个男人,有着父亲一样的年纪,却永远不能像史真一样成为她的父亲,她在那个男人的身上找不到这样纯真的感觉。她真的很感谢史真,如果没有他的睿智和沉着,她的灵魂,也许永远也不会得到如此彻底的涤荡。

就这样过去了整整两个钟头。史真从睡梦中醒来,他睁开蒙眬的眼睛,看着静静站在窗前的王华,此时,她正背对着自己,身体的轮廓是如此清晰。醒来的史真,依然一动不动地躺在那里,环顾四周,这个熟悉的实验室,今后将再也看不到它的身影了,主人离去了,谁将会成为这里的新主人?那个人肯定无从体会这里曾经发生过的一切。一段往事即将结束,新故事就要拉开大幕。

五点钟,天气开始转晴,太阳出来了。王华把窗帘拉开,让温暖的阳光照进来。这时,张秦也回到了实验室,他已经送完了所有的客人。史真从沙发上坐起来,在办公桌抽屉里翻腾了半天。王华和张秦不知道他在找什么,想帮忙也帮不上。史真终于找到了他要找的东西,他翻出来一个数码相机,由于长时间不用,上面落满了灰尘。他用嘴吹了一下,尘土在阳光下四散开来,飘飘忽忽的尘埃变得好像有生命起来。史真擦干净相机,对王华和张秦说:"走,我们到学校去拍一些照片,留个纪念,这会儿的阳光正适合拍照。"史真很少有如此好的心情,而王华和张秦的心里却充满了淡淡的忧伤。

三个人在校园里走走停停,拍了很多照片。史真说:"长这么大还是第一次拍这么多照片,我今天很高兴,为你们顺利拿到学位高兴,为我自己即将开始新的生活高兴。"

一直到夕阳西下,史真才和两个学生分手回家。临别时,史真告诉他们在家耐心等待,用不了几天,学校会授给他们博士学位。王华和张秦互相看看,王华对史真说:"要不要我们利用这些日子帮你完成铊中毒治疗研究?"史真摇了摇头,苦笑着说:"也许这个项目永远不能在这所大学完成了。"王华和张秦理解他的苦衷,也就不再多说。

答辩结束,史真一下子轻松了许多。他背着手,在学校的操场上溜达着,思考着调动的具体操作步骤。那边也是一个部属重点高校,给他开出来的条件还算优厚,但他们提出,一定要史真把档案带过去,他们不能替他重新建档。这样的话,史真就必须征得这边学校领导的同意,才能把档案从学校人事处拿出来。史真不知道学校肯不肯放他走,以前学校有一个权威教授想调动工作,费了九牛二虎之力,到最后还是没办成,一气之下,干脆扔掉了档案,到了一所不需档案、名不见经传的高校去了。如果学校也采取同样的方式对待他,不给自己转档案,那他最后可能也要找一个可以重新建档的学校。史真下定决心,无论如何,他绝不能在这所大学待下去了,他一定要走,只要对方能提供良好的科研条件,他立马就走。

天色渐渐地黑下来,史真往家走去。刚走到楼梯口,他见几个穿着装修服的工人走下来,一身浓重的油漆和涂料味。他侧身让工人们走过去,心想,任红行动得够快的,今天就开始装修了。他往上走,看见任红房门敞开着,往里面看了一眼,原来脏乱的房子,现在完全变了样,墙面新刷了各种色彩的油漆,虽然看上去有些凌乱,但有一种说不出的新鲜感,乱中有序。史真在电视上的《交换空间》栏目看过这种装饰风格,是年轻人都很喜欢的风格。任红正在里面指挥两个工人安放家具,一转脸看见了他,连声说:"史老师你来看看,这家具放在这里行不行?"

史真本来想看一眼就走开,听见任红这样说,站在门外连连点头,说:"好好好,这样好。"

任红走过来说:"史老师你进来看看嘛,你放心,我用的油漆和涂料都是环保的,没有任何污染。"

史真笑笑说,他没说有污染呢。他进来说,这样摆放很好,既充分利用了空间,又很协调,到底是年轻人,有想法。

听到史真表扬自己,任红很高兴,她让装修工人把最后的一张沙发摆好,宣布今天到此为止,明天上午再准点开工。两个工人拍拍手,走了。任红对史真说:"明天再让他们收拾一下阳台就可以了,咱们两家阳台离得近,我想收拾得干净利索一点,这样你看着也舒服,我自己也觉得清爽。那上面现在竟然到处都是鸟粪,看了就让人恶心。"

史真笑笑说:"以前老张喜欢养小动物,他家里就是一个动物世界。"

任红哈哈笑,说:"史老师真幽默,我带你看看卧室,给我打打分。"她把史真带到了刚布置好的卧室,史真一进屋就傻眼了,这哪像个卧室啊,分明是一个热带雨林嘛,色彩斑斓的。史真不好说出自己的心里话,只说不错,有创意有创意。这样的装修风格,他还是头一次看到。

得到史真称赞,任红就放心了,说,这都是她自己胡乱设计的,还担心,除了她没有人会喜欢呢,看来,这个创意还不算太过哦。

史真笑笑,看看表,说:"我该回去做晚饭了,你周婶快回来了,你装修如果需要帮忙尽管说啊,我会尽可能地提供一些帮助。"

任红点点头说:"谢谢史老师,也没什么要麻烦你的了,再过两天就弄好了,我只是简单收拾收拾。"

史真边往门口走边无意地问:"你家里也没来个人帮你啊?"

"他们都忙得很。我爸爸是学校的头儿,整天不着家。妈妈在医院上班,也是一个大忙人。"任红笑嘻嘻地说,"就这么一点事儿,对我而言不过是小 cass 而已,我自己能搞定。"

史真还想问她,既然家里条件这么好,干吗不在家住,一想这是人家的自由,自己管这么多干吗?他冲任红摆摆手,掏出钥匙打开门,准备做晚饭。贞子去了美国,周刊连饭都懒得做了。

史真记起小时候在农村老家,经常听老母亲唠叨:"哎呀,我这辈子就只有一个儿子的命,要是老天爷再给我一个女儿就好了。"当时,他还很困惑地问老母亲,这话是什么意思,是不是对他这个儿子不太满意。老母亲呵呵地笑着说不是不满意,人家都说,闺女是娘的贴心小棉袄,她呀,想有个小棉袄。史真记得他当时很天真地对老母亲说:"我就是你的小棉袄!"老母亲看了他半天不说话,眼睛里噙了泪水,说:"对对,儿子也是娘的小棉袄。"直到现在,史真才明白"女儿是娘的小棉袄"这句话的含义。有些话,有些事情,的确不是儿子和母亲所能交流的,儿子永远代替不了女儿。史真记得老母亲走的那年,他刚调到川城来工作,正一心一意地扑在工作上,老母亲生病的事,他竟然一点都不知道,都住院了,也没给他说。医院检查的结果是直肠癌晚期,老父亲忍着巨大的悲痛,一个人默默地承担起了照顾老伴儿的任务。直到医院说,病人恐怕支撑不了多久了,老父亲才给他打来电话,让他赶紧回去和老母亲见一面。史真一路涕泪横流地回到老母亲身边。老母亲紧紧地抓住他的手,紧紧闭着眼睛,眼角滚出了两颗清泪。史真对她一遍一遍地说:"娘啊,你的小棉袄回来了,你的小棉袄回来了,你睁开眼睛看看啊。"但老母亲直到离开,一直没再睁开眼睛。这是史真一辈子的疼痛。

老母亲走了,老父亲一个人怎么都不愿意跟他回川城,他说,还是习惯在老家待着。史真只好依他,每隔一段时间,就往家里寄一点钱,逢年过节时,才回家看看。老人一生节俭,一生干净利索,直到他安静地离开人世,他也没给儿子添什么麻烦。他走得很安静,史真知道他是追随母亲去了。算起来,他这个当儿子的,倾其一生,也没给两位老人当上几回小棉袄。

周刊想念贞子,史真理解她的心情。因此,周刊越洋电话打得再多,史真也不说什么了。不就是那几个钱吗?钱算什么?重要的是她们母女都能高兴。

二十七 调动

何采手术很成功,术后身体恢复得也不错。他在医院静养了两个月,便回家养着了。学校希望他能够安心静养,身体恢复好再上班。但何采闲不下来,身体恢复得差不多,就来学校上班了。何采说,自己的命是学校给的,要为学校的发展尽心尽力。上班第一天,他什么事也没做,挨个部门单位走访了一边,为他们给自己治病捐款一一表示感谢。每到一个部门,他都给同志们深深鞠上一躬,许多人看到何采如此动情,都落下了眼泪。一一感谢完毕,何采最后又去了吴关校长那里,也给他深深鞠了一躬。

吴校长也很感动,说:"你身体刚刚恢复好,还是不要急着来上班,好好在家休息吧。"

何采说:"不要紧,我会注意的,学校的同志们给了我第二次生命,我要尽力报答,为学校献上绵薄之力。"

吴校长点点头说:"以前人家说你是拼命三郎,我还不相信,现在我信了,我和侯书记心里都有数,学校不会亏待每一个为校园发展做过贡献的人的。好好干,注意调节,我们会好好考虑你的前途的。"

何采笑着说:"吴校长,说句心里话,以前我是很有些名利思想的,为了自己所谓的前途,争啊抢啊的,但经历了这场大病,我都看开了,身体好才是第一位的。但无论怎么说,我都很感谢你对我的栽培,我会尽我所能为学校工作的。"

吴关点头说:"你能这样想,很好。"

何采最后去了重点实验室,现在那里就剩下史真一个人了,实验室里显得有些冷清。史真第一眼看见何采,愣了好大一会儿,他看见何采头发稀少,原来漆黑的头发,只剩下了稀稀拉拉的几根黄毛,精神大不如从前,猛一看,像个干瘪下来的小老头。他面色呈现出不正常的白皙,眉毛几乎没有,嘴唇上几乎看不出什么血色。史真问何采:"你怎么来了?你应该在家好好养病。"

何采笑笑,笑容还和以前一样。有人说,一个人从小到大,唯一不变的就是这笑容。他没有给史真鞠躬,只说了句:"史老师,谢谢你给我捐那么多钱。我是你的学生,不说感谢的话,你对我的恩情,我会铭记一辈子。"

史真摆摆手:"别说了。好好养病,不要多想了。"

何采点头:"我来看看你,这就走。这一场大病,让我明白了许多道理,你以前对我说的那些话,我现在终于悟透了。"

史真笑了一下,说:"悟透了就好,人生一世,草木一秋,难得明白。"

何采环顾实验室,问史真:"王华和张秦都走了?"

"走了,"史真说,"都走了。"

"哦,显得空多了。"何采感叹。

"今后也许更空。"史真愣了一下说,"我本来不想这么早告诉你的,现在既然你来了,我就提前给你说一声,我也要走了,到另一所大学去。"

"啊……"何采瞪大了眼睛。

"怎么,很奇怪吗?"史真笑笑。

"也不奇怪,"何采说,"我知道你早晚都得走。这学校的环境不适合你,你是一个好水手,这学校是一条小船,你在这里转不开身。"

"错了,"史真说,"你说错了,这是一条大船,只不过掌舵的人出了问题。"

何采一时说不出什么来,看看窗户外面的风景,一地草坪绿意盎然,有轻微的热风,吹乱了树叶。一张张年轻的笑脸在大路上走过,那是青春的笑脸,无忧无虑的笑脸,这笑脸还未经风雨洗礼,还保留着纯真与洁白。

何采问史真,打算何时离开。

"还不好说,就最近吧。"史真说。

"哦。那到时候给我说声吧,我送送你。"何采说。

"不用了,我是破帽遮颜过闹市,悄悄地离开,打枪的不要。"史真故作轻松地跟何采开了个玩笑。

何采笑笑。跟史真念了三年博士生,很少听他说上几句玩笑话。两人又聊了一会儿,何采回去吃药了。

史真要去的山城大学就在邻省,和川城地理位置差不多,那也是一个老学校,建校时间很长,也是属于教育部和省里共建的重点大学。史真要去的是山城大学的实验中心,中心主任黄海洋和他算是同行,在学术会议上见过几次面。因为研究方向不同,来往不是太密切。他们想把史真调过去,把学校的重点实验室发展起来。从工作条件上来说,那里并不比这里优越太多。但关键是,领导的环境不一样,对方答应他,过去以后一切研究都是自主的,特别是在实验经费上,学校会给予很大的支持。

如果按照离职调动的程序,史真应该先给江防提出来,再由江防向学校人事处汇报,人事处再向分管领导,也就是校长吴关请示,是否放人。这样一来,不知道要耽误多少时间,而且肯定会受到阻碍。首先,江防这一关就不好过,他轻易不会让史真调走的,那样的话,一些重大的实验项目今后就无法争取,没有实验项目就没有科研经费,没有科研经费,他的日子就不好过。人事处办事效率低是在学校出了名的,学校里的人都说,那是一帮子管人事不办"人事"的人。想来想去,史真决定还是直接去找吴关,只要最高领导发话,下面的人自然就会一路绿灯放行。

史真和校办小董通电话,问她吴校长在不在。小董说:"在,这会儿正好刚开完办公会,你要来赶紧来,一会儿他还有个会要参加。"史真放下电话一路小跑去了校长办公室。小董给他指指校长办公室虚掩着的门,悄声说:"你进去吧,吴校长正在看文件呢。"史真敲门进去了。吴关没想到史真会在这个时候来找他,稍微愣了片刻,请史真落座。他笑呵呵地问史真:"史教授找我有什么事儿?"

史真也不绕弯子,他说:"你时间紧,我就直言了。我想办个调动,想请你给人事处批个条子。"

"调动？你说你要调走？"吴关不相信似的说道。

"对。"史真点点头。

"为什么？"吴关明知故问。

"也没什么具体原因，就是想换个环境。我这个年纪，再不动就没法动了。"史真说的是大实话，他没必要在吴关面前装崇高。

"是哪所大学？"吴关情绪有些低落。

"山城大学。"

"哦。和咱们学校差不多嘛，干吗非要调到那边啊？还是留下来吧。"吴关口气很真诚。

呵呵，还是走吧。你知道我们这些人看重的不是学校地位，而是学术环境，我们对学术的忠诚要大于对学校的忠诚。我感谢学校这几十年对我的培养，但我已经下定决心，为了以后的科研，我决定调动。

"哦。"吴关沉吟了半天。他站起来，看看表，又坐回到办公桌前，一字一句地对史真说："史教授，我知道你可能对学校的一些做法看不惯，对你所在的小环境不满意，但这一切都会慢慢得到改善的，你知道，江防主任马上就要二线了，你犯不着因为和他闹情绪就一走了之……"

"不是因为这个。"史真打断吴关校长的话，"我调走是迟早的事情，学校发展，有进有出，人员流动是再正常不过的事情，你还是放我走吧。"

吴关沉默了一会儿，说："我不能就这样放你走，我们还要再研究研究，你给我们留一点时间吧，你也再考虑考虑。"

史真笑笑说:"我考虑大半年了,不需要再考虑了,你还是批了吧。"

"还是按照程序来吧。现在都是法治社会了,依法治校嘛,讲的就是民主决策,不能我一个人说了算。"吴关面带微笑。

在史真眼里,这笑容内涵太过丰富。看来,想顺利地把档案带走,还要假以时日啊。

吴关不松口,史真只好先告辞。吴关送他出门,劝他再考虑考虑,能不走就不走,学校目前正是需要人才的时候。史真想说,自己不是人才,人才多的是,学校可以再引进。想想这话说了也没有什么用,干脆保持沉默。

回实验室的路上,史真思前想后,觉得还得多给自己准备一条后路。如果学校真不放自己走,不给他档案,他还真没有什么好办法。现在,最好能说服山城大学不要档案。实在不行,就再找一个下家,哪怕是非重点大学,只要不需带档案走,科研条件优越,他也照走不误。

想想这档案真不是个什么好东西,史真不知道国外有没有中国这样的档案制度,调动工作还必须提档案,那不就是一堆纸吗?那上面不就写着一些无关紧要的履历吗?这些到底能有什么用?为什么自己非要带一辈子?真是中国特色,中国特色啊。史真在心里大发牢骚。

工作调动不顺心,实验也无心再搞下去了。史真在实验室里发了一会儿呆,看看时间,也差不多下班了,干脆回家去。他背着手慢悠悠地晃在回家属院的路上,隐约看见前面走着一个熟悉的身影,是老张。他看上去比以前精神多了,面色红润,步伐矫健,简直是返老还童了。看来,那年轻貌美的娇妻,让他的精神面貌发生了很大变化。

史真紧走两步,在后面喊老张老张。

老张回头,看到史真,笑开了花。"哈哈,老伙计,好些日子没见着你了,你怎么不来参加我们的晨练了?"

史真嘿嘿笑,说:"我晨练的时候比你早,您老人家金屋藏娇,从此君王不早朝了,哈哈哈。"

老张脸上堆满了笑容,说:"怪不得看不见你,听说我原来那房子又住进来一个新教师,还是个女的?"

史真说:"没错,是个女的,还很漂亮,听说是教育学院任院长的千金,今年刚分进来的。你那个破屋子被她收拾得别有洞天。你不回去看看?"

"哎呀,那你可得小心啊,我住你隔壁的时候,你帮了我不少忙,现在是个漂亮的小姑娘了,你再那么热心,小周可就要吃醋了。"老张和史真开起玩笑来。

"嗨。这个不用担心,我就是有那个心也没那个机会。"史真说。

"你这话是什么意思?"老张很奇怪。

"我想走了,离开这个鬼地方,到别处发财去。"史真说。

"你真的要走了啊?看不出来你还挺有魄力。走了也好,树挪死,人挪活嘛,换个环境也好。到了我这样的年纪,日子论秒过,想到哪里去,也没那个能耐了。想好了就走吧。"老张说。

"你是第一个支持我走的人。"史真说,"还是你了解我,不愧是多年的老邻居。他们都劝我再想想,我还想个屁呀,早想好了。"

"我早就看出来你不是个俗人,眼里揉不得沙子,你这样的人,也就是搞搞学问。不过,学校这一关你恐怕不好过,他们不会轻易放你走的,还要多动动脑筋啊。"老张见多识广,知道事情的关节在哪里,一说就说到了点子上。

史真点头:"我正在想办法。"

说话间,到了岔路口。小高层在南边,老家属院在北边。老张邀请史真到新家去坐坐,史真推辞了,说,等有时间他和周刊一起去吧。老张说,也好。两人各自回家了。

任红已经住进来了,史真在家里能清楚地听到她房间里传出的歌声,她在做饭,厨房油烟机轰隆轰隆响。那好像还是老张时代的产品,她竟然还兴致很高地用着。这女孩子真是有意思。房子都装修过了,油烟机也不换台新的。更奇怪的是,她一个女孩子,不在食堂打饭吃,偏要回家做饭。心里犯嘀咕的史真进了厨房,也开始忙活起中午饭来。

刚洗完一个菜花,他听到敲门声,以为周刊又忘了带钥匙了,嘴里嘟囔着,去开了门。不是周刊,是任红,她站在门口,手里端着一个大盘子,里面放了几个大莲蓬。她对史真说:"这是一个朋友从山东微山湖带来的,嫩得很,我刚弄好了,送给你和周老师尝一尝。"

史真推辞:"这怎么好意思?我和你周婶都不太吃这个东西,你还是自己吃吧。"

任红故意装出一副不高兴的神情来:"我这里多着呢,谁能吃得完?我就给你们送来这几个,尝个鲜。"

史真不好再说什么了,只好接过来,把莲蓬倒进了餐桌上的一个小筐子里。四下瞅瞅,想给任红找点什么好吃的,以示交换,可找来找去,家里根本没储备什么吃食。要是贞子在家就好了,她在家时,冰箱里面好吃的不断。任红大概猜出了史真的意图,催促史真快把盘子还给她:"我厨房锅里还煮着饭呢!"史真只好还给任红一个空盘子,连着说了几声谢谢。

"您太客气了,史老师。"任红微笑起来,那样子简直像个天使。

二十八 孤独

转眼间,天气就热起来了,六月天,史真已经换上了短袖衬衫。今年川城的天气很不正常,冬天冷得要死,夏天热得要命。史真在这里生活了这么多年,还没见过这样反常的天气。这更加坚定了他要离开川城的决心。今天,他穿戴得很整齐,还打了领带,那是一条很鲜艳的领带,是多年前一位学生送的,他轻易不戴。学校要在大礼堂举行授予研究生学位仪式,吴关校长指名要他代表博士生导师,做大会发言。史真不知道学校是不是在向自己伸出橄榄枝,在以前每年的研究生学位仪式上,总是由其他教授来发言,他从来都是坐在观众席上观望。今年学校终于想到了他,但这在史真看来,是为时已晚的示好,他要走了,这次发言将成为他在这所大学的绝唱。

大礼堂布置得甚是庄严肃穆,里面正在播放欢快的进行曲。从礼堂门口望去,主席台上方悬挂了一个红色大横幅,上面写着"2006届研究生学位授予仪式",主席台两边整齐地摆放着开得正艳的鲜花,下面坐满了黑压压的毕业生。史真走进去,坐在第一排靠边的位置。他来得不算早,其他研究生导师差不多都到了,大家互相寒暄问候。史真回头看到了王华和张秦,他们两个就坐在后面的一排,这是获得优秀博士毕业生称号,才能有资格坐的位置。

他俩向史真打招呼,史真点点头。

吴关校长和研究生处、学生工作处等职能部门的领导依次鱼贯进场,在主席台就座。五分钟后,仪式开始,吴关讲话,代表学校向即将获得学位的研究生表示祝贺。讲话完毕,导师代表和学生代表先后发言。史真上去的时候有些紧张,额头冒出了晶莹的汗珠,他用手绢擦了擦,面对同学,三鞠躬,下面响起热烈的掌声。他说:"我今天之所以给你们鞠躬,第一是因为你们平时给我们老师鞠躬,我代表所有老师还你们一躬;第二是因为你们通过研究生阶段的学习,成为国家的有用之材、栋梁之材,我向人才鞠躬;第三是我的祝愿,希望你们走上社会以后,能够继续努力,做出一番事业。"这三句话让同学们大受感动,大家起立鼓掌,掌声经久不息。这么多年,每年都有这样的仪式,但吴关从来没有经历过这样的场面。他禁不住在内心赞叹史真:真是一个难得的好老师!

发言毕,吴关穿着红黑相间的学位服,一个一个地给研究生代表授予学位。这是最庄严神圣的时刻,获得学位的研究生们都很激动,这不仅仅是对他们三年苦读的回报,还是他们赢得了进入高层次人才之列的标志。那两个蓝色的、看上去不起眼的学位证书和毕业证书,浸泡着多少激情燃烧的岁月啊。

仪式在高昂的进行曲中结束了,要毕业的研究生们纷纷围绕在自己的导师周围,做最后的道别。王华和张秦一左一右,簇拥着史真离开了礼堂,三个人席地坐在外面草坪上。看得出来,史真情绪依然很激动,他一会儿看看王华,一会儿看看张秦,眼光越过他俩,落定在礼堂门口。三个人一时间都不说话。这时候,史真很想抽一支烟,但他早已经戒掉了这个习惯。那还是上大学的时候,他学会了抽烟,因为他喜欢在夜里看书,搞研究,他抽得很凶,一天一盒,是那种劣质香烟,抽起来有一股十分呛人的怪味。结婚以后,周刊给他下了抽烟禁令,而且把抽烟上升到和婚姻同等重要的高度,威胁史真说,要是再发现他抽烟就离婚。这话史真怎么听,都觉得有些"留发不留头"的味道,但他还是把烟戒掉了,他本来就没有烟瘾,抽烟纯粹是为了熬夜的时候有精神。

史真发觉王华看自己的眼光有些异样,他知道王华在想什么。他问她:"准备什么时候走?"

王华低头摆弄着脚边的绿草,她说:"就最近,那边的手续都办好了。"

"好。到那边继续深造,将来前途不可限量。"史真笑着说。

"嗯。我会努力的。"王华说,"说不定还能见到贞子呢,如果能碰到,我会尽可能地照顾她的。"

"好。"史真点头。

"你呢?有什么打算?"史真把脸转向张秦。

张秦沉吟了半天,说:"还是想先参加工作,家里都希望我早点出来赚钱,说现在工作不好找,早点稳定下来他们才放心。"

"也好,你的情况和王华不同,早点工作也好。"史真说。

自从贞子去了美国,张秦就很少到史真家里来了,他们之间的交流也就变得越来越少。史真隐隐约约地感觉到张秦和贞子之间不会有圆满的结果——当然这不是他所愿意看到的——但事情看上去,的确如此,贞子之所以喜欢张秦,可能纯粹是因为张秦那张韩国脸,以及他偶尔流露出来的一点幽默,在这个时代的女孩子看来,张秦这样的小伙子很酷。但通过三年的师生接触,史真感觉张秦不是一个安分的人,他骨子里有一种不满足感。贞子至少要在美国待六年,他们之间的感情能经得住这样漫长时间的考验吗?

三个人静静地坐在草坪上,看着太阳一点一点地升高。"太晒了,我们回去吧。"史真说。三个人站起来,向实验室方向走去。到实验室门口,史真和两个学生分手了,他叮嘱他们,好自为之。

史真目送着两位曾经的助手和学生渐渐地走远,轻轻叹了一口气。

他打开实验室的门,环顾房间。恍惚中,他在这里度过了近二十个春秋,培养了六七届研究生。看着周围的一切,史真眼角渐渐有泪水溢出。他重重地坐到了沙发上,闭上了眼睛。过了许久,他再次睁开眼睛,看到王华站在自己面前,正含情脉脉地盯着他的脸。

"你怎么回来了?"

"我来看看你,没别的意思,我想让你抱抱我,就一下。"王华眼睛里充满了柔情。

"好。"史真张开了双臂。

王华忘情地扑进史真的怀抱。她在史真的耳边说:"我还是很喜欢你,但更尊敬你。"史真点点头,看着窗外来往的人流,时光在此时好像都已经凝固了下来,他心情无比放松,一点都不担心会被别人看到。

史真和王华就这样拥抱着,拥抱着,不知道过了多久,史真松开了双臂,王华已经是满面泪痕。她擦了擦眼泪,哽咽地说了一句:"我走了,我会想你的。"

史真点点头。

王华快步走出了实验室。史真站在窗前,看着她脚步匆匆的样子。他一直站在那里,直到王华在视线中彻底消失。他看了看自己的手臂,又重复了一下刚才拥抱王华的动作。他就那样一动不动地站在窗前,长久地保持着那个拥抱的姿势。

这姿势看上去有些孤独。

是的,史真的确感到了孤独。这种孤独不是因为没有爱或者是被爱,是因为一种巨大的空虚感。史真永远忘不了四十六岁的这个夏天,在这个夏天他拥抱了自己的女学生,并且找到了那种久远的来自生命深处的冲动。奇怪的是,这种冲动没有给他带来充实,恰好相反,他感到了从未有过的孤独。啊,四十六岁,这一年,夏天,他竟然有了孤独感。

这种孤独感笼罩在史真的周围,挥之不去。女儿贞子远在美国读书,妻子周刊陷入对女儿思念中,而他,正在为自己的调动费尽心机。更要命的是,学校到现在都没有给予他肯定的答复。他憋了一肚子火气,却找不到发泄的渠道,他明明感受到了来自周围的敌意,却始终发现不了对方是谁。他受不了这种"无物之阵"的战争,但他深陷其中,无法自拔。

史真决定去一趟学校的人事处。

人事处在行政办公楼二楼,人事处处长雁阵和史真一样,都是老三届,两人专业不同。雁阵是中文专业,当年还是一个十分狂热的文学青年,做过作家梦,后来梦想破灭,干了行政。她做事干练,是典型的女强人,人长得漂亮端庄,在仕途上顺水顺风,学校领导换了好几茬,换一茬她就提升一级。吴关执掌学校时,她毫无悬念地留任人事处处长这个关键职位。人事处和组织部一样,都可以说是学校的要害部门,管人事管干部,在哪个单位都是最有权力的。雁阵因此成为吴关的一名心腹,这毫不奇怪。但老天爷总是不甘心把所有的好事都降临到一个人头上,雁阵事业一帆风顺,家庭生活却步履维艰。她的丈夫钱一是文学院的老教师,前几年突然得了膀胱癌,动了好几次手术,几乎花光了家里所有的积蓄。女儿钱雁雁刚刚考上清华大学建筑系,也正是需要花钱的时候。

史真去找雁阵的时候,她正要上楼去找吴关校长。看见史真,她稍微犹豫了一下,两人来往不多,平时史真无事不登三宝殿,因此,雁阵和重点实验室很少有什么交往。

雁阵和史真打招呼:"你好,史教授。"

"老同学,我找你有点儿事……"

"我知道你为何事而来。"雁阵说,"你要是不介意,就先在我办公室里坐一会儿,刚才吴校长打电话来,要我马上上去一趟,我猜可能就要给我说你的事。"

史真点点头说:"好吧。"

雁阵给史真拿了一次性纸杯,说:"你随便一点,我估计吴校长那边时间不会太久,半小时后,他有个会要开。"雁阵说完就走了,走起路来宛如一阵风,不愧是传说中的女强人。

史真环顾雁阵办公室,一张巨大的黑色办公桌几乎占据了房间的三分之一，办公桌后面是一排书橱，史真大概浏览了一下，几乎全是有关人事工作和组织工作方面的书。在书橱的角落里，他还看到了几本八十年代流行的小说。环绕着墙壁，放了一圈皮质沙发，其中靠近角落里那张最显眼，那沙发大得好像一张床。正对着办公桌的墙壁上方，悬挂了一个黄色的金属框，里面镶嵌着"一切为了人才"几个金色大字。那字看上去很像吴校长的墨宝，自从他当上校长以后，学校里到处都可以见到他的题词。

史真很无聊地坐在沙发上，把雁阵的办公室看了一圈，他忽然感觉这个办公室里少了点什么。少了点什么呢？他东瞅瞅西望望，终于在门后面看到了那个东西——镜子。经验告诉他，但凡女领导的办公室里都会有一面镜子，她可以没有书橱，但不可以没有镜子，她们每天上班第一件事，就是要照照镜子，看看自己脸上的妆是否被路上的风沙破坏，看口红是否还很鲜艳，总之，镜子是她们不可或缺的一个东西。

大约二十分钟以后，雁阵脸色很严肃地回来了。史真欠欠身，雁阵示意他不要动，她拿起办公桌上的水杯，倒了一杯水，在办公桌前坐定，看了看史真，不说话。

史真有些奇怪，这个雁阵，卖什么关子？有话为何不说？他不耐烦，刚要张口，雁阵说话了。

雁阵说："情况不妙，吴校长不想让你走，他说，你是个难得的人才，学校要把你留住，你可以提任何要求，学校都会尽量想办法满足。他还说，只要你提出来，学校可以重新考虑给你分一套小高层的房子。"

史真愣住了,他说:"我不要什么房子,我就是想换个环境。"

"可吴校长不松口,我无法放人。"雁阵无可奈何地说。

史真无话可说了,雁阵说得对,吴校长不发话,她不可能放他走。看来,根节还是在学校领导那里。

"他就不怕我再给他捣乱?不怕我再写一封检举信?"史真半开玩笑半认真地说道。

"这……"雁阵笑而不答。

"我们都是老三届,咱俩也算是老同学了,我实话对你说,我是很讨厌这个学校的环境的,它一再让我失望,我已经下定决心要离开了,你们无法阻拦我。"史真动了感情,"现在都是什么年代了?能开放的都开放了,能放开的都放开了,这人事档案不会把人憋死的,只要我想走,哪个也阻拦不了。"

雁阵点头,起身给史真倒了一杯水,顺势坐到了他旁边的沙发上,叹了口气说:"其实我很羡慕你这位老同学,你一直没有放弃自己的专业,不像我,把专业荒废掉了,别看我整天跟在领导后面很风光,其实心里特空虚。"

"呵呵,老同学,千万别那么说,你是学文的,我是学理的,我想放,也放不下。你现在是吴校长的大红人,今后在仕途上定会大展宏图的,你空虚什么?"史真无意中瞟了一眼雁阵高耸的胸部,脸色微红了一下。

"唉,还是靠专业吃饭好啊。你看你,教授评上了,当上了专家,想到哪里就到哪里,而我,是寸步难行啊。现在名教授哪里都要,哪有要官员的?中国什么都缺,就是不缺官员。"雁阵感叹。

史真看了看这位风韵犹存的老同学,笑了笑:"你这是替我说话呢,还是在抱怨啊? 其实还是你们这些当官的厉害啊,我们这些所谓教授的命运,还不是掌握在你们这些官员手中? 我现在倒是想走,你怎么不放人? 我要走,还不是得来求你?"

"这话也对也不对,你刚才说了,无论学校怎么阻拦,总归是拦不住的,只不过会增加一些难度罢了。作为老同学,我倒是想劝劝你再考虑考虑,能不走还是不走。如果你执意要走,那你还得做做学校的工作,不然,你的人事档案很难拿走。"雁阵亮出了底牌。

"无论如何,我是非走不可。"史真斩钉截铁地说。

"还是以前的脾气啊,老同学一点儿没变。"雁阵微笑着说。

史真笑笑说:"看来,我今天又是无果而返了。"他站起来,告辞。雁阵伸出了手,说:"帮不上你的忙,请老同学多体谅!"

史真握了握雁阵伸过来的手,这可真不像是四十五岁女人的手,软乎乎、肉嘟嘟的,分明还保留着十八岁小姑娘时的白嫩与柔软。

从行政办公楼出来,史真肚子咕咕叫,他如同一位经验丰富的老农民,手打了个凉棚,看看正午的太阳。嗯,到了吃中饭的时间了。

二十九 选择

图书馆新进了一批图书,周刊中午要加班整理架上的书籍。史真一个人也不想下厨房,从冰箱里翻出两袋方便面,准备煮泡面吃。隔壁任红正在做饭,油烟机轰隆轰隆响。史真边烧水边支起耳朵,捕捉任红的动静。这个小姑娘还真是有意思,看来她是真喜欢做饭,不然不会这么有耐心,每顿饭都亲自下厨,折腾半天。像她这样年轻单身的女孩子,大都喜欢吃食堂,没有几个喜欢自己做饭的。史真看着水烧开沸腾,把面和作料放进去,立即关上了煤气灶。经验告诉他,吃泡面关键在于把握好火候,不能煮过了头,面一旦过头,就没有嚼劲了。面下锅就停火,余热正好把面煮熟,这样的面筋道,好吃。

盛好面,史真准备开吃。一大碗面,他呼哧呼哧,一会儿就吃了个底朝天,他放了辣椒,吃出了一身汗。刚放下碗筷,听见阳台上发出嘭的一声响。史真赶紧跑过去,看到任红摔倒在自家的阳台上,正费劲地想爬起来。看样子她摔得不轻,史真隔着阳台问:"任红,要不要我过去帮忙?"任红疼得流出了眼泪,说:"我起不来了,可能是脚踝崴了。"史真赶紧跑到任红门口,一推门,门没有锁。他快速地奔向阳台,任红挣扎着,顺着墙根站立起来,嘴里发出咝咝的吸气声。史真一把扶住她,有些疑惑地问:"刚才还听见你在厨房做饭,怎么这一会儿的工夫就在阳台上跌倒了?"

"我看天色变得有点暗,想起今天早上天气预报说,中午有雨,就想把阳台外面晾晒的衣服收起来,阳台上积了一点水,没留神,摔倒了,真是倒霉!"任红哭丧着脸说。

史真把她扶到客厅的沙发上,正犹豫着该不该替她看看伤口,任红说:"我卧室床头柜的抽屉里有一瓶蓝药水,麻烦史老师给拿过来,帮我敷一敷。"

史真去了任红的卧室,还没进门,就闻到了一股扑鼻的香气,除了贞子以外,他还从来没进过第二个女孩子的"闺房"呢。他有些慌张地看看房间的摆设,四周墙面贴满了粉红色带暗花的墙纸,正中间是一张宽大的双人床,上面铺着巨大的麻将席。床的两边各自放着一个橘红色的床头柜,史真不知道任红所说的抽屉是哪一个,只好两个都看看。他先打开左边床头柜的抽屉,一盒被打开的避孕套映入眼帘,他赶紧合上了抽屉。看看身后,确认任红还待在客厅,又慢慢地打开来,仔细看了看那个避孕套的包装盒,脸红到了脖子根。这时,任红在客厅里大声地说:"史老师,我记得药水在右边的那个床头柜里,你还没有找到吗?"史真连忙打开右边的抽屉,果然看到了一瓶蓝药水,他拿出来,走向客厅。

任红掀开裙角,露出了通红的脚踝,史真仔细查看了一下,安慰任红说,不要紧,抹点儿药水就好了。任红点点头:"我还以为脚踝扭断了呢,疼死我了!"

史真给任红上完药水,站起来,看见餐桌上摆放着两个刚做好的菜,笑着对任红说:"你也太性急了,吃完饭,再去收衣服也不晚啊,现在恐怕饭菜都凉了。"任红说:"我担心吃完饭就忘了,史老师要是没吃饭,就一起吃点吧。"史真摆摆手,说:"我刚吃过了,你自己慢慢吃吧,然后赶紧休息一下,下午就别去上班了,脚崴了,看是个小事,弄不好也会加重的。"任红点点头说:"谢谢史老师,我会注意的。"史真回屋躺倒在床上,那盒打开的避孕套,还在他眼前晃动着。

史真一觉睡到三点钟,醒来后,看到外面下起了小雨,就不打算去实验室了,坐在客厅的沙发上发愣。发了一会儿呆,感觉没趣,他又去了阳台,隔着窗户看漫天飘洒的雨。看了一会儿,任红也出现在隔壁阳台上,她也来看雨。两人几乎同时看到了对方,相互笑笑。

两人各自在阳台上待了一会儿,任红给史真打了一个手势,意思是,她要到他家里来坐坐。史真点点头,随即就去开了门。任红一瘸一拐地进来,说:"一个人挺闷的,找史老师来聊聊天。"

史真笑着说:"这雨下得不温不火,恐怕一时半会儿停不下来。你随便坐吧,我给你泡杯茶。"

任红说:"不用客气,我不渴,周婶去上班了?"

"她要加班,中午就没回来。"史真说着打开了客厅的灯,可能是因为下雨的原因,室内有些暗。

"图书馆一般不会那么忙吧?"任红问。

"你周婶说,是进了一批新书,需要尽快上架,他们集体加班。"史真在任红对面沙发坐下来。

"哦。难得看到史老师在家里待着,你们实验室是不是特忙?"

"说忙也忙,说不忙也不忙,时间都是自己掌握,一般做课题的时候忙一点,我们这些搞实验的一忙起来就不想停,一旦中断了,就前功尽弃了。"

"这个我不太懂。"任红笑笑,"我学中文的,整天和文字打交道。我上大学的时候本来想学理科的,但老爸不让,说那个太累,女孩子学中文最好,增加点文学素养,说什么,腹有诗书气自华。我经不住他忽悠,就上了文科的贼船。"

"哈哈,你老爸说得对,文科有利于修养,而且相对轻松一些。他是不是文科出身?"

"对,他也是中文,还喜欢写小说呢。自从当上教育学院的院长以后,就再也没见他写过,他没有时间了。他总是抱怨自己走错了路,说当初要是一直坚持写下去,现在说不定都是著名作家了,都可以以写作为生了。"任红嘴角上扬,表现出一点不屑的神情来。

史真皱起了眉头,看得出来,父女两代人之间是有代沟的。他不想对此做出什么评价,只是含糊其词地点点头。

任红没有察觉史真情绪的变化,依然在那里谈论着她老爸的一些事情。她说,老爸是被国家耽误的一代,是理想主义和现实主义,互相纠葛、互相矛盾的一代,他们生活得很痛苦,几乎没有什么独立的想法。他们一开始围着国家政治转,然后围着家庭儿女转,最后围着官职升迁转,总之,一辈子都不属于自己,都在为别人忙活。

史真眉头更加紧缩,他从任红的描述中看到了自己的影子。他想反驳任红:难道这个世界上,有谁可以完全为自己而活吗?他犹豫了半天,还是没有说出口。他觉得和一个比他小二十多岁的下一代人,争论人生价值这类虚无缥缈、抓不着的东西,是没有什么意义的。他倒是想和任红谈谈一个人的理想如何实现。她们这一代人,不会没有理想吧?他向任红提出了这个疑问。任红愣了好大一会儿,十分肯定地说:"你说对了,我们没有理想。"

任红的话,让史真目瞪口呆。他终于明白女儿贞子的所作所为了。

"我们和你们不一样。"史真看着窗外,雨还没有停止,"我们是有理想的一代,但这理想被现实撞击得四分五裂,所以一直生活在不满足中。"

"这就是你要调动工作的原因?"任红笑着问他。

"你怎么知道我要走?"史真很奇怪。

"许多人都知道了,学校里早就传出你要离开的消息。"

"哦……"

"不用奇怪,学校太小了,任何一个老师的变化都能被别人发现并迅速传播。"

"呵呵,看来是这样的。"史真笑了一下,"不过我遇到了麻烦,我本来想调到山城那所重点大学,但因为学校不放档案,重点大学可能去不成了。"

"我倒是可以帮史老师一个忙,但就是不知道你愿不愿意。"任红调皮地卖了一个关子。

"说说看。"史真微笑着。看得出来,他很欣赏任红这样故意吊人胃口的调皮。

"在说出来之前,我必须先弄明白一个问题,你是讨厌现在这所学校,还是讨厌这个城市?"

"这重要吗?"

"重要。如果你讨厌这座城市,那我说出来就没有意义了。"

史真差不多已经猜出了任红的建议。他说:"教育学院是一所文科院校,没有重点实验室吧?"

任红笑笑:"史老师真是厉害,我还没说出来就被你猜中了。你可能不知道,教育学院正在筹备冲击博士点单位,亟须高端人才,为了达到申博条件,需要新建若干实验室。原来有一个省重点实验室,负责人前年因病去世后,一直无人主持,结果差点被省里拿掉了重点扶持的资格。而这个实验室,恰好又是冲击博士单位的最有力的支撑,他们迫切地需要像你这样的专家去主持工作,如果你愿意,我可以给我爸爸说说,可以不带档案过去,他们负责重新给你建档。如果能把你这棵大树'挖'过去,他一定会很感激我的!任红为自己的规划得意扬扬。"

史真眼睛一亮,任红的建议的确可行。在学校不放档案的情况下,教育学院这条路,不失为一个好的选择。虽然教院是省市共建的非重点院校,但这几年从市里得到扶持很多,年终奖金比现在这所部属院校还多。这两所同在川城的大学,一直在铆着劲儿互相挖对方的人才。如果我到那边,对学校肯定是一个很大的打击,也可以让他们对自己的人才措施和腐败行为进行反思。

史真踱步到阳台,透过被雨水冲刷得干干净净的窗玻璃,凝望着外面的弥天大网,沉思良久。

任红看看手表,快到下班的时间了。她站起来,对正在沉思的史真说:"周婶快回来了,要不你和她再商量商量吧。"

史真点点头说:"我考虑好了给你回话。"

任红笑笑,回自己屋了。

史真重新回到阳台上。

外面的雨下得紧了些。已经进入了连续阴天,这天气没有十天半个月,不会彻底转晴,一年一度的主汛期到了。去年这个时节,川城大涝,学校的多处旧危房出现了坍塌,这才有了去年大规模的教舍改造。学校总是到了被逼无奈的时候,才想起来做一些事情,也许是底子太厚,学校领导没有什么危机感。这样发展下去,势必会止步不前。在这里待下去也真是没有多大意思了。

周刊准点回来了,她一进屋,就拍打着衣服上的雨水,抱怨起天气来,看到史真在阳台上发愣,嘟囔了一句:"发什么呆?下雨天也不知道早点做饭?"周刊去了厨房,史真走过去帮忙。周刊看看洗菜盆里未刷的碗,问史真:"中午也没做饭?"

"没做,吃了点泡面。不饿。你中午还是盒饭?"

"盒饭。晚上想吃点啥?"

"啥都行。看着做点。"

"嗯。"

"我想跟你商量个事儿。"史真边洗碗边说。

"啥事?"

"就是调动的事,学校不放档案,山城大学去不成了。但本市的教育学院可以去,他们不要档案。你说去不去?"

"教育学院？"周刊不相信似的重复了一遍,看到史真点头确认,她仍旧有些不太相信,"那可是市属院校,你从这边调到那边,不怕人家说你掉价？"

"掉价也比在这里窝憋着好。教院虽然不大,但那边条件也不错,只要我答应去,那边立马就办手续。"史真洗好了碗,擦擦手。

"那我呢？还跟着调动吗？都在一个城市,我走不走倒无所谓了。"周刊说。

"这个随你便。"史真说,"两个人不在一个单位也好,反正两所大学离得也不远。"

"你想好了就行。你这一走恐怕要得罪不少人。"

"我考虑一下怎么给教院那边回话。"史真又去了阳台。

周刊开始洗菜。

第二天一上班,史真接到了王华的电话,她说她正在机场,马上就要登机了。

史真说:"好,祝你一路平安,到了美国替我问候一下老友维纳斯唐。"

王华愣了半天,说:"我到那边以后,安顿一下,就去找贞子,我会尽可能地照顾她,请您放心。"

史真说:"好,谢谢。"

王华说:"您如果到美国去看贞子的话,别忘了来看看我。"

"好。"史真说。

登机的信号响起,王华说了声再见,把电话挂了。史真摇了摇头,慢腾腾地把听筒放到电话机上。愣了一会儿,他开始收拾抽屈,要走了,提前把自己东西整理整理。正收拾着,张秦进来,手里拿着一个大信封。史真问:"你怎么来了?"

"江主任找我来。"张秦闪烁其词地说。

"江防?"史真问。

"嗯。"张秦回答。

"他找你有什么事儿?"

"刚才去了他办公室,没见着人。说好了今天让我来见他,谁知他人不在。"张秦在沙发上坐下来。

"他经常这样。"史真漫不经心地说,"你工作怎么样了?"

"我想留校。"

史真很吃惊,以前从来没听张秦说过要留校的事。他皱着眉头说:"这个恐怕有些难度,现在学校编制都是按照人头来的,一岗一编,现在没有岗位,博士都不好留。你要有思想准备。"

"我想碰碰运气。"张秦说。

这时候外面传来一阵咳嗽声,是江防,他从外面进来,和史真打了个招呼,史真点点头。

江防对张秦说:"小张啊,你到我办公室来。"

张秦看看史真,跟着江防上楼了。

三十 告破

周末,任红陪着史真悄悄地到教育学院走了一趟,任红的老爸任南飞亲自在校门口迎接。他带着史真看了学校刚刚改造好的实验室,向史真详细介绍了实验室的情况。让史真吃惊的是,教育学院的实验室建设竟然这么超前,设备先进不用说了,其管理机制也远远走在川城大学的前列。任南飞说,学校已经研究过了,实验室不设中间管理机构,只设首席教授,由史真直接向院长负责,所有的项目申报及其经费使用,均由首席教授决定,学校不予过问。任南飞还向史真阐述了学校建设重点实验室的决心,为了早点拿下博士授权单位,他们将不惜重金,不惜一切代价,为高级人才创造良好的条件。

史真对教育学院提供的条件很满意,当即点头同意到教育学院来。任南飞见史真表态,十分高兴,请史真到家里吃了顿便饭。任红悄悄地告诉史真:"老爸从没有在家里待过客,这次可是大姑娘上轿,头一回。"史真笑笑。在融洽的气氛中,任南飞和史真一起规划起实验室建设的蓝图,两人越说越投机,酒喝得也就越来越多。任南飞表示,等过两天,办好了调动手续,学校要开个欢迎会,你是学校引进来的一个金凤凰。史真故作谦虚状:"不敢不敢。"任南飞开怀大笑。

史真喝得有些高,在回来的路上,他一遍又一遍对任红重复着:"你知道我为什么愿意来教院?主要是学校的机制好,没有那么多官僚机构管着,干起工作来有劲儿,嘿嘿……"

任红知道史真喝醉了。她让老爸的司机小吴一直把车开到楼下。下了车,小吴问任红要不要帮着把史教授扶上楼,任红说:"不用了,我扶他上去,你赶紧回去吧。"小吴说,好吧,钻进车,倒了个弯,哧溜一声开跑了。

任红扶着醉醺醺的史真,费力地爬上楼。她让史真靠在墙边站稳,自己去敲史真家的门。敲了半天没有声响,估摸着周刊还没回家。看史真醉醺醺的样子,估计也不会带钥匙。任红只好打开自己的门,把史真扶到了沙发上。史真躺下来,一把抓住任红的手,迷迷瞪瞪地说了句:"王华,你怎么说走就走了?"任红闹糊涂了,拍拍史真的脸庞,笑哈哈地说:"史老师您说的什么呀?想不到大名鼎鼎的史教授会醉成这个样子?"史真嘴里还在嘟囔着什么,任红听不懂,想挣开被史真紧紧握住的手,无奈,他的手劲太大,攥得她生疼。任红只好在史真身边坐下来,忍俊不禁地看着史真的醉态,她笑出了声。史真听到了笑声,睁开眼,搂住了任红的脖子,一用力,任红就趴在史真的胸前了。接下来的事情,完全出乎任红的意料:史真一只手抓住了她的圆鼓鼓的乳房,一只手灵活地扯开她的裙子,他的手一碰到她的大腿,她浑身就发软了,嘴里发出含糊不清的"不要不要不要"……但史真没有停止动作,他把她掀翻在沙发上,跨上了她的身体。任红来不及反抗——她其实一点儿都没有反抗——这完全不合常理,但结果确实如此。史真进入了她的身体,她感到一阵滚烫,那个硬邦邦的东西,在她体内开始横冲直撞——史真好像回到了新婚第一夜,神情无比高亢迷离。任红闭上了眼睛,开始小声呻吟:"天,我的天,天,我的天!……"

二十分钟以后,任红已经叫唤得口干舌燥。史真忽然绷直了身子,从任红身上滚了下来,呼呼睡去。任红紧闭双眼,满脸红晕地在沙发上躺了半天,静静地等待体内的热潮平息。她看看呼呼大睡的史真,再看看自己裸露的下体,刚才的一幕简直像一场梦,这是真的吗?史教授竟然和她做了爱,不,这让人难以置信。我怎么会这么坦然地接受?难道我喜欢他?他醒来以后怎么办?任红坐起来,到卫生间清理残留在下身的精液,用最快的速度冲了一个澡,然后接了半盆热水,给史真洗了洗下身。她忍不住观察了一下那个软塌塌的东西,和大学时男友的那个差不多,就是毛发多了一些。她为自己想入非非感到羞愧,赶紧拉上史真的裤子拉链。

任红呆呆地坐在史真身旁,目不转睛地看着眼前这个,刚刚和自己发生了关系的男人,仍然不能相信刚才发生的一切。她想,他醒来会不会装出一副若无其事的样子?任红咧开嘴,笑笑。她感觉下体又涌出一股热乎乎的液体,站起身,走进卧室,在床头抽屉里翻找护垫,看到那盒开启过的避孕套时,脸色一红。

教育学院的效率很高,只用了三天,办好了史真调动的所有手续,给史真重新建好了档案,第四天,史真就去教育学院上班了。当吴关听江防汇报说,史真已经放弃档案去了教院的消息时,惊讶得摇头叹息。江防说:"我早就料到史真会离开这里。"吴关有些恼怒地说:"你懂什么!我们这么一个著名教授竟然会被教院挖走,这不等于是让他们打我的脸吗？老江啊老江，为了保住你，我们学校损失可太大了！"

江防低下了头。

7月份，快放暑假的时候，张秦到重点实验室上班了，他做了重点实验室的秘书。据说，他之所以能留校，是因为史真离开实验室以后空出了名额。本来吴关想把这个名额留给另一个引进来的高级人才，但江防和人事处处长雁阵都主张留本校的博士生，他们说，张秦是史真的高才生，熟悉实验室工作，能把原来的工作做起来，虽然他还没有什么名气，但毕竟是鼎鼎有名的史真的博士生。

张秦留校那天，史真收到王华的一个E-mail：

Dear 史：

　　我已经安顿下来了，在美国的一家医学院就读第二博士学位，上周我见到了贞子，她说准备和张秦分手了。因为她从大学同学那里得知，张秦和学校人事处的女处长雁阵有染。这也许是真的，我了解张秦，他为了达到自己的目的可以不择手段。史老师看到这个消息时千万不要难过，因为他不值得你难过。贞子现在情况很好，你放心。我会用E-mail的方式常和你联系。

Yours 华
即日

看完这封信，史真重重地叹息了一声。

过了几天,史真从本市晚报上看到一篇报道:

我市一高校发生的严重铊中毒案件告破

本报讯 昨日,引起社会广泛关注的本市一高校发生五名学生铊中毒严重案件告破,投毒者是该校一心理变态学生……

史真看到这个消息,长长地叹息了一声:中毒的不只是那几个学生啊!